CATALOGUE

D'UNE GRANDE COLLECTION

DE

LIVRES A FIGURES

ET AUTRES

Dont la vente se fera le vendredi 25 janvier 1856
et jours suivants
à 7 heures précises du soir, rue des Bons-Enfants, 28

MAISON SILVESTRE

Me BOULOUZE, Commissaire-Priseur, rue Richelieu, 67

M. Edwin TROSS, libraire chargé de la vente, place de la Bourse, 11
acquéreur des salles Silvestre

———

Littérature, Sciences, Beaux-Arts, Voyages, Histoire de France
Autographes, Dessins, Gravures sur bois et en taille-douce, Architecture
Collection considérable de livres d'architecture et d'ornements

———

On vendra des lots de bons livres les 25 et 29 janvier.

PARIS

EDWIN TROSS, 11, PLACE DE LA BOURSE

—

1856

CATALOGUE

DE

BONS LIVRES, A FIGURES

ET AUTRES

Architecture, Ornements

I

THÉOLOGIE.

1. Biblia cum concordaniis veteris et novi testamenti. *Argentine*, 1497, in-fol. goth. rel. en bois.
2. Biblia sacra vulgatæ editionis. *Antv.*, 1650, in-4. v.
3. La Sainte-Bible, trad. par les théologiens de Louvain. *Rouen, r. du Petit-Val*, 1572, in-4. v. tr. dor.
4. La Sainte-Bible. *Paris*, 1586, in-fol. fig. v.
5. Testamenti novi editio vulgata. *Lugduni, Gryphius*, 1578, in-16. fig. en bois, d. rel. maroq.
6. Le Nouveau-Testament de Jésus-Christ, trad. par Amelot. *Paris*, 1688, 2 vol. in-4. veau.
7. L'histoire du Vieux et du nouveau-Testament, par de Royaumont. *Bruxelles*, 1727, in-12. v. fil.

    Beaucoup de gravures.

8. Missale predicatorum. In fine: Missale sem sacrum ordinem predicatorum in Venetiarum urbe

a rev. F: Thoma de vio revisum. *A. Lucantonio Giunta*, 1512, impressum, in-4. goth. musique et fig. en bois, peau de tr.

Imprimé en rouge et noir. Les marges du bas de quelques ff. doublées. Très beau missel.

9. Breviarium Romanum ex decreto concilii Tridentini restitutum. *Romæ, in ædibus populi Romani (Aldus)*, 1570, in-fol. imprimé en rouge et noir, musique notée, cuir de Russie.

Un des Aldes les plus rares.

10. Histoire de l'Ancien et Nouveau - Testament (texte en holland.), par Romeyn di Hooghe *Amsterdam*, 1703, gr. in-fol. vél. cordé.

Exemplaire en grand papier de cette collection de figures de la Bible, aussi belle que recherchée. Superbes épreuves.

11. Historiæ celebriores veteris testamenti, iconibus repræsentatæ a Christ.-Weigelio. *Noribergæ*, 1708, gr. in-fol. bas.

262 grandes planches. Premières et belles épreuves.

12. Historia del Testamento Vecchio, dipinto in Roma nel Vaticano da Rafaello d'Urbino, intagl. da S. Badalocchi et G. Lanfranchi. *Romæ*, 1638, in-4. obl. 55 pl. à l'eau forte, cart.

13. La passione del nostro signore Gesu-Christo, con meditationi da un Padre della compagnia de Giesu. Intagl. in rame da C. Weigel. *Augusta*, 1694, pet. in-8. mar. noir.

100 charmantes gravures.

14. Images de saints et saintes issus de la famille de l'empereur Maximilien Ier, en une suite de 119 planches gravées en bois (en 1518 et 1519) par différents graveurs, d'après les dessins de Hans Burgmair. *Vienne*, 1799, gr. in-fol. cart. dos de toile.

Premier tirage de ces planches, déposées à l'époque de la mort de l'empereur Maximilien à la bibliothèque de Vienne. Premières épreuves en papier supérieur.

15. Opera Origenis Adamantis, latine. *Parisiis, in ædibus Ascensianis*, 1512, 4 part. 2 vol. in-fol. veau.

Ouvrage remarquable par le grand nombre de riches et belles initiales en manière criblée dont il est orné.

16. De translatione S. Dionysii, Parisiensium apostoli, e Gallia in Bavariam, a Io. Baptista conscr. *Saint-Emmeran*, typis B. Lang, 1710, in-4. vél.

17. La préparation évangélique, trad. du grec d'Eusèbe Pamphile, par Séguier de Saint-Brisson. *Paris*, 1846, 2 vol. in-8. br.

18. Sancti Augustini opuscula quædam selecta, lat. *Paris*, 1726, 3 vol. in-12. v. (*Armes.*)

19. Epistolæ Cecilii Cypriani. *S. L. (Venetiis).* Loquitur lector ad *Vindelinum, Spirenem* artificem, qui epistolas Beati Cypriani reddit in lucem. 1471, in-fol. rel. en bois, non rogn.

Edition publiée en même temps que celle de Sweynheym et Pannartz.

20. Duodecim specula deum aliquando videre desiranti concinnata. *Antverpiæ, Moretus*, 1610, gr. in-8. vél.

12 belles gravures de Galle.

21. Joannis Gerson de imitatione Christi. *Venetiis, B. Benalius* (vers 1480), in-4. goth. à 2 col. bas. mouillé.

22. Thomæ a Kempis de imitatione Christi. *Lugduni, J. et D. Elzevirii*, s. d., pet. in-12. v.

Exempl. médiocre.

23. Le même livre. *Amstelodami, ex off. Elzeviriana*, 1679, pet. in-12. v.

24. Imitation de Jésus-Christ, trad. de Gonnelieu. *Paris*, Belin Leprieur, s. d., in-12. mar. n. fermoirs, tr. dorée et peinte.

25. Tractatus sacerdotalis Nicolai de Ploue de expo·
sitione missæ, etc. *Parisiis*, 1531, in-8. goth. vél.

26. Theologia moralis in systema redacta ab Ant.
Luby. *Græcii*, 1782-84, 3 vol. in-8. broch.

27. OEuvres choisies de M. de Belsunce, évêque de
Marseille, recueillies par M. l'abbé Jauffret. *Metz*,
1822, 2 vol. in-8. br.

28. Défense du christianisme, par M. D. Frayssi-
nous. *Paris*, 1836, 3 vol. in-8. d. rel. v. v. —
Le génie du prêtre, par l'abbé Popys de Castres.
Paris, 1842, in-8. br.

29. Doctrine politique du christianisme, par Auguste Boulland. *Paris*, 1843. — Traité des de-
voirs de l'homme et du citoyen, par Richegardon.
Paris, in-8. demi-mar.

30. OEuvres de Nicole. Morale, 13 vol. — Déca-
logue, 2 vol. — Symbole, 2 vol. — Sacrement,
2 vol. — Prières, 2 vol. — Lettres, 1 vol. —
Vie, 1 vol. — *Paris*, différ. années, 23 vol. in-
12. v.

31. Lucerna inquisitorum hæreticæ pravitatis, R.
P. F. Bernardi Comensis. *Romæ*, 1584, in-4.
vél.

32. Trois livres pour la religion catholique, apos-
tolique et romaine, par Pierre le Charron. *Paris*,
1602, in-8. parch.

33. Prejugez legitimes contre les Calvinistes, par
C. Nicole, suivant la copie imprimée à Paris.
Bruxelles, *Frix*, 1683, pet. in-12. vél.

34. Ad acta colloquii Montispeligardensis Theodori
Bezæ responsio. *Genevæ*, *Ion. de Preux*, 1588.
2 part. — Ecclesiastes Salomonis, Theodori Bezæ
paraphrasi illustrata. *Genevæ*, 1588, 3 vol. en 1
in-4. vél.

35. Bouclier de la foy, ou défense des églises ré-

formées en France, par P. Du Moulin. *Genève*,
1635, in-8. vél.

Piqué et mouillé.

36. Jacobi Verheideni imagines et elogia præstan-
tium aliquot theologorum, F. Roth - Schol-
zius. *Hagæ*, 1735, grand nombre de portraits,
bas.

37. Rationarium evangelistarum omnia in se evan-
gelia, versu imaginibusque mirifice complectens.
S. L., Thomas Anshelmus Badensis, 1507, pet.
in-4. grav. en bois, vél.

Belles et curieuses figures apocalyptiques.

38. Pascal, Provinciales et Pensées. *Paris*, Didot,
1816-1817, 4 vol. in-8. pap. vél. d. rel. (*Thouvenin.*)

39. Lettres provinciales et Pensées de Pascal. *Paris*,
Lefèvre, 1821, 2 vol. in-8. d. rel. v. f.

40. 69 brochures sur la religion S.-Simonienne,
in-8. broch.

Collection rare.

41. Le Coran, trad. par Savary. *Paris*, 1829, 2 vol.
in-18. cart.

42. La certitude des preuves du mahométisme, par
Ali-Gier-ber. *Londres*, 1780, in-8. d. rel. mar.
non rogné.

II.

JURISPRUDENCE, ECONOMIE POLITIQUE.

43. Corpus juris civilis. *Amstelodami, apud L. et
D. Elzevirios*, 1663, 2 vol. in-fol.
Ex. avec témoins. Reliure en mauvais état.

44. Dictionnaire de législation usuelle, par de Chabrol-Chaméane. *Paris*, 1835, 2 vol. in-4. d. rel.

45. Le conseil de Pierre de Fenin, ou traité de l'ancienne jurisprudence française, publ. par M. A.-J. Marnier. *Paris*, 1846, in-8. d. rel.

46. Traité de la contrefaçon et de sa poursuite, par E. Blanc. *Paris*, 1838, in-8. br.

47. La constitution française, décrétée par l'assemblée nationale constituante. *Paris, Didot jeune*, 1791, gr. in-8. d. rel. mar. non rogné.
   Tiré sur VÉLIN d'un grand format. Gravures ajoutées. Très belle impression.

48. Causes célèbres étrangères. *Paris, Panckoucke*, 1828, 5 vol. in-8. br.

49. Table décennale du Bulletin des lois, par Longchamps. *Paris*, 1814-35, 3 vol. in-8. br.

5o. Si la torture est un moyen sûr à vérifier les crimes secrets, par A. Nicolas. *Amst.*, 1682, in-8. v.

51. Principes du droit de la nature et des gens, extrait de Wolff par Formey. *Amst.*, 1758, 3 vol. in-12. v.

5a. Le droit des gens appliqué à la conduite et aux affaires des nations et souverains, par Vattel. *Paris*, 1820, 2 vol. in-8. br.

53. Abrégé du cours élément. du droit de la nature et des gens, par Cotelle. *Paris*, 1820, in-8. br.

54. Histoire de la politique des puissances de l'Europe depuis le commencement de la révolution française jusqu'au congrès de Vienne, par le comte de Paoli-Chagny. *Paris*, 1817, 4 vol. in-8. d. rel.

55. Annales maritimes. 1809-34, in-8. 37 vol. rel. et le reste broché.

56. Bulletin officiel de l'île Bourbon. 1815-27, 3 vol. in-8. d. rel.
57. Critique sur les loteries, par Leti. *Amst.*, 1697, 2 vol. in-12. v.

III.

SCIENCES ET ARTS.

I. Philosophie.

58. Jacobi Bruckeri historia critica philosophiæ, a mundi incunabulis ad nostra usque tempora deducta. *Lipsiæ* 1742-1767, 6 vol. in-4. vél.
59. Platonis opera, cum, scholiis Procli, græce. *Basileæ*, 1534, in-fol. d. rel.
60. Bessarion adversus calumniatores Platonis. *Conradus Suuynheym et Arnoldus Pannartz Romæ* impresserunt (1469), in-fol. d. rel. mar.
    Première édition, rare.
61. Porphyrii de abstinentia ab esu animalium libri IV. *Venetiis*, 1547, in-4. parch.
62. Manuel d'Epictète. *Paris*, 1790, in-8. v. f. fil.
63. Traité de Plutarque sur la manière de discerner un flatteur d'avec un ami, grec-fr. *Paris, imp. roy.*, 1772, in-8. v. f.
64. Les controverses de Sénèque (trad. par B. Lesfargues). *Paris*, 1639, in-4. parch.
65. Cours de philosophie, par Cousin. *Paris*, Didier, 1828, in-8. d. rel.
66. Le portefeuille d'un philosophe, ou mélange de pièces philosophiques, politiques, critiques, sa-

lyriques et galantes. *Cologne*, 1770, 3 vol. in-8. v. f.

67. De mundanorum hominum temeritate atq. stultitia (auct. P. Haedo). *Venetiis*, 1502, pet. in-4. cart.

68. Les essais de Montaigne. *Amst.*, *Ant. Michiels*, 1659, 3 vol. in-12. v. ant. fil. tr. dor.

69. Essais de Montaigne, avec les notes de M. Coste. *Paris*, 1754, 10 vol. in-12. v. fauve, fil.

70. Essais de Montaigne. *Paris*, 1824, 6 vol. in-8. d. rel. m. v. n. rog.

71. Essais de Montaigne, par Amaury-Duval. *Paris*, 6 v. in-8. br.

72. Maximes et Réflexions morales de La Rochefoucault. *Paris*, imp. roy., 1778, in-8. v.

73. Réflexions ou Sentences et Maximes morales de La Rochefoucault. *Paris*, *Lefèvre*, 1827, in-64. br.

> Edition imprimée avec les caract. microscopiques de Didot, devenue rare.

74. De la sagesse, par P. Charron. *Paris*, 1607, in-8. v. f.

75. Nouvelles Réflexions ou Sentences et Maximes morales et politiques, dédiées à Mme de Maintenon. *Lyon*, 1690, in-12. v.

76. De la Philosophie de la Nature. *Paris*, 1804, 10 vol. in-18. fig. bas.

77. Sentimens chrestiens, politiques et moraux, par de la Luzerne-Garaby. *Caen*, 1654, in-4. parch. (*Ex. de Huet*)

78. Delle vicissitudine o mutabile varicta delle cose dell universo, libri XII di Luigi Regio francese. *Venetia*, *presso Aldo*, 1592, in-4. v.

79. Elémens philosophiques du citoyen, par Hobbes. *Amst.*, 1649, pet. in-8. v.

80. Le voyageur philosophe dans un pays inconnu aux habitans de la terre, par de Listonai. *Amst.*, 1761, 2 vol. in-12. v. f. (*Anc. rel.*)
81. Le Monde primitif analysé et comparé avec le Monde moderne, par Court de Gebelin. *Paris*, 1773, 9 vol. in-4. fig. v. f.
82. The theory of human progression. *London*, 1850, gr. in-8. perc.
83. L'Examen des esprits pour les sciences, de Huart, trad. par Dallibray. *Paris*, 1655, in-8. parch.
84. L'Examen des esprits pour les sciences, par Huart, trad. par Savinien d'Alquié. *Amst.*, 1672, in-12. v.
85. De la nature (par Robinet). *Amst.*, 1761, 5 t. en 4 vol. in-8. v. f. fil.
86. Helvétius. De l'esprit. *Londres*, 1776, 2 vol. in-8. m. v.
87. Auguste Barbet. Système social. *Paris*, 1846, in-8. d. rel.
88. The principles of Nature, her divine revelation, and a voice to mankind, by A. J. Davis, *London*, 1847, 2 vol. gr. in-8. perc.
89. Letters of Junius. *London*, 1820, in-18. c. de Russie.
90. OEuvres politiques de Machiavel, trad. Christian. *Paris*, 1842, in-12. d. rel.
91. Le don royal de Jacques, roy d'Angleterre, au prince Henry son fils. *S. L.*, 1604, in-8. cart.
92. Aristippe ou De la cour par Balzac. *Leyde*, *Elzevier*, 1618, pet. in-12. vél.
93. Aphorismes politiques de Harrington. *Paris*, an III, in-18. pap. vél. v. fil. tr. dor.
94. Etudes révolutionnaires de B. Millière, 1851.
— Lettres de Rob. Owen, en anglais, sur l'édu-

cation, et morceaux choisis de poètes élégiaques latins, trad. de l'anglais en vers français. 1852, in-8. d. rel. m. v.

95. Code des créations 1841, par J. A. Durand;—Nouvelle école, de physique, par Ch. Durand, 1842; — Salut du peuple, par Péqueur, 1848; —réunis en un vol. in-8. d. rel. mar.

II. Sciences naturelles, Médecine.

96. Hippocratis opera omnia, gr. lat. *Lugd. Bat.*, 1665, 2 vol. in-8. v.

97. A. C. Celsi de re medica libri octo. *Parisiis*, *Didot*, 1772, in-12. m. cit. dent. tr. dor.

98. Scriptorum latinorum de aneurysmatibus collectio, edidit atque præfatus est Thom. Lauth. *Argentorati*, 1785, in-4. fig. br.

99. Collection très considérable de thèses et dissertations de médecine et de droit, publiées par niversité de Gand au XIX° siècle. 17 énormes cartons gr. in-4. contenant plus de 400 pièces.

Collection unique. Si on le demande, elle sera vendue en 2 lots différents.

100. Guilelmi Varignane secreta sublimia ad varios curandos morbos. *Lugduni Joa. de Cambray*, 1526, pet. in-4. goth. à 2 col. parch.

Rare.

101. Exposition systématique des effets pathogénétiques purs de tous les remèdes mis jusqu'à ce jour en expérience, par Weber; trad. par le D. Peschier. *Genève*, 1833, gr. in-8. d. rel.

102. Revue critique et rétrospective de la matière médicale spécifique, par une société de médecins. *Paris*, 1840-42, 5 vol. in-8. d. rel.

103. Archives de la médecine homœopathique. *Paris*, 1834-38, 8 vol. in-8. d. rel.

1834, t. II; 1835, 2 vol.; 1836, 2 vol.; 1837, 2 vol.; 1838, t. II.

104. Bulletin de la société de médecine homœopathique de Paris. *Paris*, 1845-50, 9 t. en 6 vol. dont 4 vol. d. rel. et 2 vol. br., plus 3 vol. doubles, br.

105. Journal de la médecine homœopathique, publ. par la société hahnemannienne de Paris. *Paris*, 1846-49, 5 vol. in-8. d. rel. v.

106. Clinique homœopatique, par le D. Beauvais. *Paris*, 1836-40, 9 vol. in-8. d. rel.

107. Hahnemann. Doctrine et matière médicale des maladies chroniques, trad. par Jourdan. *Paris*, 1832, 2 vol. — Traité de matière médicale, trad. par le même. *Paris*, 1834, 3 vol. — Les 5 vol. in-8. d. rel.

108. Eléments de médecine pratique homœopathique, par J. Laurie; trad. par F. Love. *Paris*, 1850, in-8. d. rel.

109. G. van Swieten commentaria in H. Boerhaave aphorismos de cognoscendis et curandis morbis. *Lugd. Bat.*, 1752, 5 vol. in-4. v.

110. D. Voet physiologia, sive de natura rerum libri sex. *Trajecti*, 1687, in-8. fig. vél.

111. Les VII livres de la physiologie de J. Fernel. *Paris*, 1655, in-8. parch.

112. Considérations physiologiques sur le pouvoir de l'imagination maternelle durant la grossesse, par Demangeon. *Paris*, 1807, in-8. v.

113. Physiologie, médecine et métaphysique du magnétisme, par J. Champignon. *Paris*, 1848, in-8. br.

114. Dissertation physique sur la force de l'imagi-

nation des femmes enceintes sur le fœtus, par J. Blondel. *Leyde*, 1737, in-8. v.

115. Liber de ratione victus in singulis febribus, auct. Brudo Lusitano. *Venetiis*, 1544, in-8. n. rel.

116. Voisin. L'homme animal. *Paris*, 1839, in-8. d. rel. v.

117. Traité de Primerose sur les erreurs vulgaires de la médecine, avec des additions par de Rostagny. Lyon, 1689, in-8. v.

118. Boyer. Traité des maladies chirurgicales. *Paris*, 1814, 6 vol. in-8. d. rel.

119. Bichat. Anatomie générale. *Paris*, 1812, 4 vol. — Anatomie descriptive. *Paris*, 1801, 5 vol. — Recherches physiologiques sur la vie et la mort. *Paris*, 1805, 1 vol. — Les 10 vol. in-8. d. rel.

120. Bonæ valetudinis conservandæ præcepta, auth. Eobano Hesso. *Parisiis*, 1533, in-8. v.

121. Medicina catholica seu mysticum artis medicandi sacrarium, authore Rob. Fludd. *Francofurti*, 1629, in-fol. fig. cart.

122. Système physique et moral de la femme et de l'homme, par Roussel. *Paris*, 1813, in-8. d. rel.

123. Abdeker, ou l'art de conserver la beauté. *S. L.*, l'an de l'hégire 1168, 4 vol. in-18. v.

124. L'art de vivre long-temps, par Cornaro, 1847. — Revue réformatrice, 1850. — Déclaration démocratique de Lamennais, 1851. In-12. d. rel. mar. viol.

125. Relation de la peste de Toulon (1721), par d'Antrechaus. *Paris*, 1756, in-12. v.

126. Isidori iunioris hispalensis etymologiarum libri. — De summo bono. *Venetiis*, *Petrus Los-*

lein, 1483, in-fol. goth. à 2 col. init. en or, cart.

127. Traité élémentaire d'arithmétique, par P. Perreaux. *Pondichéry*, 1838, in-4. d. rel.

128. Hermenegildus Pinus de venarum metallicarum excoctione. *Vindobonæ*, 1780, 2 vol. in-4. fig. br.

129. OEuvres du comte de Lacépède, publ. par Desmarest. *Paris*, 1826, 4 vol. br. — Cuvier. Rapport historique sur les sciences naturelles. *Paris*, 1828, in-8. br.

130. OEuvres complètes de Buffon. *Paris*, *Pourrat*, 1837, 5 vol. gr. in-8. fig. d. rel.

131. Le Jardin des Plantes, par Boitard. *Paris*, *Dubochet*, 1842, in-8. fig. d. rel. tr. dor.

132. Flore médicale, par Chaumeton, Poiret, Chamberet, peinte par Mme E. P... et par J. Turpin. *Paris*, 1828-35, 6 vol. gr. in-8. fig. col. d. rel. n. rog.

133. Faune des médecins, par H. Cloquet. *Paris*, 1828, 6 vol. fig. col. d. rel.

134. Leçons de flore. Cours de botanique, par Poiret, suivi d'une iconographie végétale, par Turpin. *Paris*, 1819, 3 vol. in-8. fig. col. d. rel.

135. Méthode à connaître les plantes de la France, par Dubois. 3e édit., par Boitard. *Paris*, 1840, in-8. fig. br.

136. Histoire naturelle des glaciers de la Suisse, par Grouner, trad. par de Kéralio. *Paris*, 1770, in-4. fig. v.

III. Sciences occultes, Prodiges.

137. Prodigiorum ac ostentorum chronicon per Conr. Lycosthenem. *Basileæ*, 1557, in-fol. v. fil.

Avec un grand nombre de gravures singulières.

138. Disquisitionum magicarum libri VI, auct. M. Delrio. *Lugduni*, 1604, in-4. v.

139. Tractatus de fascinatione, auct. J. C. Frommann. *Norimbergæ*, 1675, in-4. v.

140. Loca infesta, auct. P. Thyræo. *Lugd.*, 1599, in-8. parch.

141. Magiæ omnifariæ theatrum, auct. D. Strozzio Cigogna. *Coloniæ*, 16.0, in-8. parch.

142. The secrets of the invisible world disclos'd, or an universal history of apparitions, by A. Moreton. *London*, 1738, in-8. v.

143. The philosophy of witchcraft, by J. Mitchel, and J. Dickie. *Paisley*, 1839, in-12. rel. en perc.

144. Chiromantia, physiognomia, etc. Autore J. Indagine. *Argentorati*, 1531, in-fol. fig. v.

145. Lettres cabalistiques (par de Boyer). *La Haye*, 1741, 6 vol. in-12. br.

146. Les oracles divertissans, par W. D. L. C. (Wulson de la Colombière). *Goude*, 1649, in-12. v.

IV. Chasse, Agriculture.

147. Neuw Jag und Weydwerck Buch. Le nouveau livre de chasses. *Frankfurt*, 1582, in-fol. fig. vél.

Recherché à cause des belles gravures en bois de Jost Amman.

148. Bêtes fauves chassées par des chiens. 3o planches gravées par Elie Ridinger. *Augsbourg*, 1761, gr. in-fol. cart.

149. Description et représ. des bêtes fauves par J. G. Riedinger. *Augsbourg*, 1738, gr. in-fol. cart.
     Très belles épreuves.

15o. Représentation de divers animaux dont on fait la chasse. *Augsbourg*, 1740, in-fol.
     25 pièces en hauteur, gravées par Riedinger, plus un titre et une feuille de texte en allemand. Très belles épreuves.

151. Les dons des enfans de Latone, la musique et la chasse du cerf, poèmes. *Paris*, 1734, in-8. musique, v.

152. Traité de vénerie et de chasse, par de Champgrand. *Paris*, 1769, in-4. fig. br.

153. De l'agriculture des anciens, par Dickson. *Paris*, 1804, 2 vol. in-8. fig. br.

154. Maison rustique du XIXᵉ siècle. *Paris*, 1835, 4 vol. in-8. fig. d. rel.

155. Mémoires de la société royale d'agriculture. *Paris*, 1827-41, 13 vol. in-8. br.

156. Divers journaux sur l'agriculture.

157. L'agriculture et maison rustique de MM. Ch. Estienne et Jean Libbault. *Rouen*, 1629, in-4. v. estampé.

158. Traité complet d'agriculture pratique, par Burger, Pfeil, etc., trad. par L. Noirot. *Paris*, 1836, in-4. fig. perc.

159. Mounier. De l'agriculture en France, notes de Rubichon, *Paris*, 1846, 2 vol. in-8. rel. v. f.

16o. Journal de l'académie d'horticulture. *Paris*, 1831, 7 vol. in-8. fig. d. rel.

161. Essai sur les jardins, par Watelet. *Paris*, 1764, in-8. pap. de Holl. mar. r. fil. tr. dor.

162. Dictionnaire des jardiniers, par Miller. *Paris*, 1785-90, 10 vol. in-4. v.

163. Traité complet sur les pépinières, par E. Calvel. *Paris*, 1805, 3 vol. in-12. v.

164. Méthode pour bien cultiver les arbres à fruit, par de la Rivière et du Moulin. *Utrecht*, 1739, in-8. v.

165. Essais sur l'hygrométrie. *Neuchâtel*, 1783, in-4. fig. cart.

166. Le compost des bergers. Edition de 1503, in-4. fig. (*Incomplet.*)

167. Scriptore srei rusticæ veteres latini, Cato, Varro, Columella, Palladius, Vegetius de mulo-medicina, cur. J. Math. Gesners. *Lipsiæ*, 1735, in-4. fig. vél. cord.

168. Domestic Cookery by lady X. *London*, 1843, in-12.

169. Le confiturier royal. *Paris*, 1765, in-12. v.

170. Recherches sur la découverte de l'essence de rose, par Langlès. *Paris*, 1804, in-18. pap. vél. d. rel. n. rog.

171. Les quatre jeux de dames, par Lallement. *Metz*, 1802, 3 vol. in-12. br.

V. Équitation, Gymnastique, Art militaire.

172. Le livre d'équitation. 1592, in-fol. vél.

Beau manuscrit allemand exécuté en 1592, vraisemblablement par un écuyer des comtes de Fugger ; il contient 33 miniatures rehaussées d'or, et un grand nombre de fig. de mors dessinées à la plume.

173. L'instruction du roy en l'exercice de monter à cheval, par Ant. de Pluvinel. *Paris*, *Michel Nivelle*, 1625, gr. in-fol. parch.

L'exemplaire est beau d'épreuves, mais incomplet de quelques planches.

174. Le gouvernement de la cavallerie légère, par George Basta. *Rouen*, 1616, in-fol. fig. n. rel.

175. Nouvelle école de cavalerie, par E. de Loehneisen, publ. par Val. Trichter. (En allemand.) *Nurnberg*, 1727, 2 vol. in-fol. fig. d. rel.

Grand nombre de planches de manége, tournois, etc., gravées sur cuivre.

176. Le miroir de la chevalerie. — Armes, armures, costumes, tournois, etc., gravées et expliquées par Reibisch et Kottenkamp. (Texte en allemand.) *Stuttgart*, 1842, gr. in-4. obl. 62 planches peintes en or, argent et couleurs, cart. non rog. (Ancien coloris.)

177. Ephémerides militaires. *Paris*, 1820, 12 vol. in-8. br.

178. Le spectateur militaire. (En livraisons.)

179. Le maniement de l'arquebuse et de la lance, suivant le règlement du prince d'Orange, par Jacob de Geyn. (Grand nombre de fig.) *Amsterdam*, 1608, in-fol. vél., rel. origin.

Ouvrage recherché pour les costumes. Ire part.. 42 pl.; IIe, 43 pl.; IIIe, 32 pl., gravées en taille-douce.

180. Le maréchal de bataille, contenant le maniement des armes, les évolutions, ordres de batailles, etc., par le sieur de Lostelnau. *Paris*, 1647, in-fol. fig. vél.

Figures de costumes militaires.

181. Maniement de l'arquebuse et de la lance, avec les exercices militaires, par Johan Boxel. *La Haye*, N. *Cuvenhoven* (1669), in-4. v. (*Anc. rel.*)

La première partie contient 56 et la seconde 26 planches gravées sur cuivre.

182. Costumes militaires gravés à l'eau forte par

Parrocel, de Berey, etc. 131 planches gr. in-4.
v. f. tr. dor. (*Anc. rel.*)
Très bel exemplaire.

183. Bonaiuti Lorini. 5 livres de la fortification.
Frankfurt, 1607, fig. de de Bry. — Gouvernement de la cavalerie, par Basta. *Ib.*, 1614, fig.
de de Bry. (L'un et l'autre en allemand.) —2 vol.
en un, in-fol. vél.

184. Le gouvernement de la cavalerie légère, par
G. Basta. *Rouen*, 1627, in-fol. fig. v.

185. De la natation et de son application à l'art
de la guerre, par le vic. de Courtivron. *Paris*,
1824, in-12. fig. d. rel. n. r.

186. Cours de pyrotechnie. In-4. d. rel.
Manuscrit.

187. La pyrotechnie, ou art du feu, par Vanoccio
Biringuccio; trad. par J. Vincent. *Rouen*, 1627,
in-4. fig. parch.

188. L'art de lutter, découvert par N. Petter (texte en
hoiland.), avec 71 planches gravées par Romeyn
de Hooge. *Amst.*, 1674, in-4. vél.
Premières et très belles épreuves.

189. Le parfait cocher (par le duc de Nevers), publié par de la Chesnaye des Bois. *Paris*, 1744,
in-12. br.
Rare.

VI. Ecriture, Autographes.

190. Polygraphie et universelle escriture cabalisti-
que de M. J. Trithème, traduicte par G. de Col-
lange de Tours en Auvergne. *Paris*, *Jaques
Kerver*, 1561, 2 part. un vol. in-4. fig. en bois
parch.
Imprimé en rouge et noir.

191. Collection de 253 pièces anciennes et modernes, lettres, autographes, pièces signées, documents historiques, etc., concernant la Champagne.

192. Fac-simile d'autographes de personnes célèbres. *Stuttgart*, 1846, 280 planches, gr. in-4. cart.

193. Collection de fac-simile, portraits, etc., par un amateur d'autographes. Grand nombre de pièces.

194. Perspectiva literaria, durch Hans Leucker. *Nürnberg*, 1567, pet. in-fol. fig. grav. sur cuivre.

> 15 planches d'alphabets renversés color., 6 planches de perspective, une planche représ. un Nautilus. Un dessin original de L. Stoer daté de 1561. Très rare.

195. Modèles d'écriture de Jean Neudœrfer. *Nürnberg*, 1605, 4. part. un vol. in-4. vél. (*Texte en allem.*)

> Gravés sur bois et sur cuivre.

196. Versalien, von Joh. Neudœrffer, gravées sur cuivre (jolies bordures). *Nürnberg*, S. D., in-fol. obl. br.

197. Modèles d'écriture en allemand. Manuscrit exécuté en 1614 par J. Sager, maître écrivain à Lubeck, en noir, or et argent. Une partie est sur fond noir. In-4. obl. veau. (*Rel. origin.*)

198. Théâtre d'amour. In-4. fig. cart.

> 28 planches gravées vers 1640. Le texte est en sixains français et également gravé. Presque chaque page représente une autre écriture qui pourrait servir de modèle.

199. L'Art d'écrire, nouvellement mis au jour par Rossignol, gravé par Parmentier. *Paris, Fessard*, S. D., gr. in-fol. 30 pl. grav. sur cuivre, v. f. tr. dor.

VII. Musique.

200. Histoire de l'harmonie au moyen âge, par Coussemaker. *Paris, Didron*, 1852, in-4. pl. br.

201. Le liure de la musique d'Euclide, trad. par Forcadel, lecteur du roy ès mathematiques. *Paris, Ch. Perier*, 1566, in-8. vél.

> Très rare.

202. Omnis cantus ecclesiasticus in mediis clavibus terminatus, id est in d. e. f., etc. 432 feuillets in-4. v. (*Anc. rel.*)

> Manuscrit du XIIIe siècle sur très beau VÉLIN, orné d'un certain nombre de petites miniatures. Il contient une instruction pour le chant ecclésiastique, suivie d'un antiphonaire romain. L'office de saint Louis est ajouté à la fin. Ce beau volume est rempli de musique notée ; il paraît avoir été fait pour l'ordre de Saint-Dominique.

203. De cantu et musica sacra, a prima ecclesiæ ætate, usque ad præsens tempus, auct. Martino Gerberto. *Typis San-Blasianis*, 1774, 2 vol. in-4. fig. bas.

> Avec la : *Missa in cœna Domini* en musique. Cette pièce, de 112 pages, est très rare.

204. Essai sur la musique ancienne et moderne (par de La Borde). *Paris*, 1780, 4 vol. in-4. fig. v.

205. Méthode élémentaire et analytique de musique et de chant, par B. Wilhem. *Paris*, S. D., 7 part. in-fol. et 11 in- 8. br.

206. Lot très considérable et précieux de musique manuscrite, en partie *autographe*. 3 quart. par G. B. Viotti. — Concerto in G. minor du même. — Duetto. — Quartetto du même. — Catalogo delle opere di musica composte da Luigi Boccherini. — Quintetto autographe du même. Et d'autres compositions de Rode, Kreutzer, etc.

207. Album de Ch. Haas. *Paris*, 1845-1846, 2 vol. gr. in-4. cart. ornements dorés sur les plats, tr. dor.

Ces deux beaux volumes contiennent un grand nombre de chansons avec la musique et des figures.
On vendra plusieurs exemplaires de cette collection.

VIII. Beaux-Arts.

1. *Introduction, Histoire, Catalogues.*

208. Traité des couleurs pour la peinture en émail et sur porcelaine, par d'Arclais de Montamy. *Paris*, 1765, in-12. v.

209. Le grand livre des peintres, par Gerard de Lairesse. (Texte en hollandais.) *Amst.*, 1712, 2 vol. en un, in-4. fig. en taille-douce, vél.

210. Della imitazione pittorica, delle excellence delle opera di Tiziano et della vita di Tiziano, scritta da Stefano Ticozzi, libri III, di Andrea Maier. *Venezia*, 1818, gr. in-8. br.

211. Storia pittorica delle Italia del risorgimento delle belle arti fin presso al fine del XVIII secolo, dell abb. Luigi Lanzi. *Pisa*, 1815-17, 6 vol. et table in-12. br.

212. Voyage d'un iconophile. Revue des principaux cabinets, bibliothèques et musées d'Allemagne, de Hollande et d'Angleterre, par Duchesne. *Paris*, 1834, in-8. br.

213. Les musees d'Italie, de l'Espagne, d'Angleterre, de Belgique, d'Allemagne et de Russie, par Viardot. *Paris*, 1842, 3 vol. in-8.

214. Idée générale d'une collection d'estampes, avec une dissertation sur l'origine de la gravure et sur les premiers livres à images (par le baron

Heineken). *Leipsic*, 1771, gr. in-8. fig. en bois,
d. rel. mar. n. rog. tête dor.

Très bel exemplaire d'un livre rare et recherché.

215. Traité historique et pratique de la gravure
en bois, par Papillon. *Paris*, 1766, 2 vol. in-8.
fig. veau.

216. Essai sur l'origine de la gravure (par Jansen).
Paris, 1808, 2 vol. in-8. br.

217. Notices sur les graveurs qui nous ont laissé
des estampes marquées de monogrammes. *Be-
sançon*, 1807-8, 2 vol. gr. in-8. br.

218. Manuel de l'amateur d'estampes, par F.-E.
Joubert. *Paris*, 1821, 3 vol. in-8. d. rel. v. f.

219. Manuel de l'amateur d'estampes (avec les prix
de ventes en Angleterre, en Allemagne, etc., en
allemand), par Heller, avec un dictionnaire de
monogrammes. *Leipzig*, 1850, gr. in-8. cart. n.
rog. (950 pages.)

220. Portraits des peintres. Theatrum honoris in
quo nostri Apelles sæculi, seu pictorum imagines in æs incisæ exhibentur. *Amstelodami*, 1618,
3 part. un vol. in-fol. cart.

Collection de portraits de peintres, très rare et estimée. Édition la
plus complète, belles épreuves.

221. La vie des peintres flamands, allemands et
hollandais, avec des portraits gravés en taille-
douce, par J. B. Descamps. *Paris*, 1753, 4 vol.
in-8. d. rel.

Anciennes épreuves.

222. Vies des peintres hollandais, avec leurs portraits gravés en taille-douce (texte en hollandais),
par J. Houbraken. *S'Gravenhaye*, 1753, 3 vol.
in-8. fig. d. rel.

223. Le nouveau théâtre des peintres flamands et

hollandais, avec leurs portraits gravés en taille-
douce, par J. van Gool. (Texte en hollandais.)
S'Gravenhaye, 1750, 2 vol. in-8. cart. non rog.

Belles épreuves.

224. Vite dei pittori, scultori ed architetti napole-
tani, di Bernardo Dominici. *Napoli, Trani*, 1840-
1846, 4 vol. gr. in-8. br.

225. Pisa illustrata nelle arti del disegno da Ales-
sandro da Morona. *Livorno*, 1812, 3 vol. petit
in-8. fig. br.

226. Mémoires sur la vie et le siècle de Salvator
Rosa, par lady Morgan. *Paris*, 1824, 2 vol.
in-8. d. rel.

227. Dictionnaire des graveurs anciens et modernes
depuis l'origine de la gravure, avec une notice
des principales estampes, par F. Bazan. *Paris*,
1767, 3 vol. pet. in-8. v. f. (*Anc. rel.*)

Le 3e volume contient le catalogue des estampes gravées d'après
Rubens.

228. Abrégé de la vie des peintres dont les tableaux
se trouvent dans la galerie de Dresde, avec le
détail de tous les tableaux de cette collection.
Dresde, 1782, pet. in-8. br.

229. Dictionnaire des artistes de l'école française
au XIX⁰ siècle: peinture, sculpture, gravure, par
Gabet. *Paris*, 1831, in-8. br.

230. Collection de livrets des expositions d'ouvrages
de peinture, architecture, gravure, etc., depuis
l'an IV de la république jusqu'en 1842. 24 vol.
différents, in-12. br.

231. Collection de 24 catalogues de tableaux, antiquités, etc., de musées publics. In-12.

232. Catalogue des tableaux, des dessins et des
livres qui traitent de l'art du dessin, de la galerie

Algarotti. *Venise*, S. D. Catalogus librorum qui
in thesauris antiquit. Graevii et Gronovii repe-
riuntur. *Lugduni*, 1703. 2 vol. en un, gr. in-8.
d. rel.

233. Catalogue de la riche et précieuse collection
de tableaux de G.-F.-J. de Verhulst. *Bruxelles*,
1779, pet. in-4. portr. d. rel. avec les prix.

2. *Livres à figures, Costumes, etc.*

234. Le livre des masquerades dans la ville de Nu-
remberg, depuis 1451 jusqu'en 1531, précédé
d'une chronique en allemand. In-fol. cart. non
rogné.

> *Manuscrit* sur papier contenant un grand nombre de costumes co-
loriés, de figures, de blasons, voitures, etc., très remarquables et
curieux.

235. Lot de six planches gravées par Aldegrever
en 1538, in-32, représentant des danses de pay-
sans.

> Très curieuses pour les costumes du commencement du 16e siècle.

236. Habiti antichi et moderni di tutto il mondo
di Vecellio. *Venetiis*, 1598, in-8. d. rel.

> 496 belles fig. de costumes gravées en bois. L'exempl. est incom-
plet du titre et des fig. 497 jusqu'à la fin

237. Costumes des XIIIe, XIVe et XVe siècles, par
Bonnard. *Paris*, 1829, Treuttel et Wurtz, in-4,
fig. d. rel. T. 1er.

238. Plauti comœdiæ XX. *Venetiis, M. L. Sessa*,
1518, in-fol. d. rel.

> Curieuses grav. en bois représ. des scènes de théâtre.

239. Petrus d'Ebulo, carmen de motibus Siculis et
rebus inter Henricum IV et Tancredum sec. XII

gestis. Nunc primum e codd. ed. S. Engel. *Basileæ*, 1746, in-4. fig. vél. (*Rare.*)

Grand nombre de fac-simile des miniatures du manuscrit, batailles, costumes.

240. Galerie lithographiée des tableaux du duc d'Orléans, publiée par Quénot et Vatout. *Paris*, 1827, livraisons 1 à 36. in-fol.

241. OEuvre de Jean Holbein, ou recueil de gravures d'après les plus beaux ouvrages de ce peintre (danse des morts, costumes, portraits, etc.). *Bâle*, 1780, 4 part. dans un carton.

Grand nombre de planches gravées par Mechel.

242. Galerie des arts et de l'histoire, par Reveil. *Paris*, 1836, 6 vol. pet. in-8. fig. d. rel. mar. viol.

243. L'ami des beaux-arts. *Paris*, galerie des Beaux-Arts, 1843-1845, 3 vol. gr. in-8. fig. br.

244. L'école du dessin, par Abraham et Frédéric Blœmart, en 8 livres et 123 planch. gravées sur cuivre. *Amsterdam*, 1740, gr. in-4. d. rel. non rog.

Exemplaire en très grand papier; une partie des planches est imprimée en *clair obscur*.

245. *Quatre-vingt-dix* dessins anciens et modernes, in-fol. et in-4, de différents maîtres et de différentes écoles (XVIe au XIXe siècle), à la plume, à l'encre de Chine, au crayon, etc.

On trouve de belles pièces dans cette collection.

246. Hieroglyphica of merkbeelden, par Romeyn de Hooghe. *Amsterdam*, 1735, gr. in-4. v.

Grand nombre de planches grotesques gravées en taille-douce.

247. Lot de gravures, portraits (le portrait de Lucas de Leyde, gravé par lui), chevaux gravés par Galle, Riedinger, etc.

248. Lot de gravures et cartes anciennes. Gr. in-fol.

249. Zampieri pinx., N. Vanni del., P. Ant. Pazzi sc. In-fol. d. rel.

28 grandes planches grav. sur cuivre, représentant des saints, des scènes de la vie des saints, etc. Belles épreuves.

250. Gravures pour les fables de La Fontaine. In-12. d. rel. mar. v. — Eaux-fortes pour les contes du même. In-12. d. rel. mar. viol.

251. Speculum passionis Domini nostri Jesu Christi. In fine: Speculum de passione Jhesu Christi, cum textu quatuor evangelistarum. Cum figuris pulchris et magistralibus. (Per Udalr. Pinder.) *Norimbergæ*, 1507, in-fol. parch.

Exemplaire de la plus grande beauté, non rogné. Les épreuves des célèbres gravures en bois de Scheuffelein sont superbes.

252. Boetius, de philosophiæ consolatione. *Argent.*, *Grieniger*, 1501, notes mss. — Æsopi vita et fabulæ, latine. *S. L.* n. d. (*Augsb. Sorg.*, 1475), 2 vol. en un, in-fol. rel. en bois.

L'un et l'autre avec de curieuses gravures en bois. Le second ouvrage est incomplet du portrait d'Esope et du dernier feuillet.

253. Insignium aliquot virorum icones. *Lugduni*, 1559, in-8. fig. mar. v. tr. dor.

254. Toutes les emblèmes d'André Alciat en françoys. *Lyon*, *G. Rouille*, 1558, in-12. fig. en bois, cart.

255. Illustration de l'ancienne imprimerie troyenne. 210 gravures en bois des XVᵉ et XVIᵉ siècles. *Troyes*, Varlot, 1850, in-4. br.

La danse macabre est tirée sur les planches du 15ᵉ siècle. Tiré à 60 exempl.

3. *Architecture, Ornements, Fêtes, Cérémonies.*

256. Vitruvius iterum et Frontinus a Jocundo revisi. *Florentiæ*, *Phil. de Giunta*, 1513, pet. in-8. fig. en bois, d. rel. mar.

257. Les dix livres d'architecture de Vitruve, corrigés et trad. en français, avec des notes, par Perrault. *Paris, J.-B. Coignard*, 1684, gr. in-fol. fig. v.

258. La perspective curieuse, par Jean-François Niceron, ouvrage très utile aux peintres, architectes, graveurs, etc. *Paris, Billaine*, 1638, in-fol. fig. vél.

259. Instructio artis perspectivæ, auctore Henrico Hondio. *Hagæ Comitum*, 1647, in-fol. fig. v.

260. Traité de dessiner les ordres de l'architecture antique en toutes les parties, par A. Bosse. *Paris, S. D.* — Représentations géométrales de plusieurs parties de bastiments faites par les reigles de l'architecture antique, par A. Bosse. *Paris*, 1688, 2 vol. en un, in-fol. fig. bas.

    Entièrement gravé.

261. Elément de perspective pratique, par P.-H. Valenciennes. *Paris*, an VIII, in-4. fig. d. rel. n. rog.

262. I quattro primi libri di architettura di Pietro Cataneo Senese. *In Vinegia, Aldo*, 1554, in-fol. fig. en bois, cart.

264. Cours d'architecture, enseigné dans l'académie royale d'architecture, par Fr. Blondel. *Paris et Amsterdam*, 1698, 5 part. 1 vol. in-fol. fig. vél.

265. Les œuvres d'architecture d'Anthoine Le Pautre. *Paris, Jombert*, S. D., in-fol. fig. cart.

266. Les œuvres d'architecture de L.-C. Sturm. (Texte en allemand.) *Augsburg*, 1718-21, 6 vol. in-fol., grand nombre de planches, veau br.

267. Architecture moderne, ou l'art de bien bâtir. *Paris, Jombert*, 1728, 2 vol. in-4. fig. v. (*Armes.*)

268. Traité sur l'art de la charpente théorique et pratique, par Krafft. *Paris*, 1821, 2 vol. in-fol., dont un de planches.

269. Traité de construction en poteries et fer à l'usage des bâtiments, par Eck. *Paris*, Blosse, 1836, in-fol. fig. cart.

270. Traité de l'application du fer, de la fonte et de la tôle dans les constructions civiles, par Eck. *Paris*, Carillan-Gœury, 1841, in-fol. fig. cart.

271. Plans, coupe, élévation du nouveau marché Saint-Germain, par Blondel. *Paris*, 1816, gr. in-fol. br. — Projet de reconstruction de la salle de l'Odéon, par Peyre. *Paris*, 1819, gr. in-fol. br.

273. Arc de triomphe de l'Etoile, publié par Thierry. *Paris*, 1845, 6 liv. gr. in-fol. Complet.

274. Architecture moderne de la Sicile, dessinée par Hittorff et Zanth. 8 liv. gr. in-fol. — Monuments gothiques et romains de Vienne en France, publiés par Rey. 2 liv. gr. in-fol. — Monuments et tombeaux dessinés en Italie, par Clochar, gr. in-fol. en feuille.

275. Lot de gravures et lithographies, vues d'Italie, par Remond, Oto de Coignet. Ancien plan de Rome en 12 f. gr. in-fol.

276. Monuments dessinés en Italie, par Clochar. *Paris*, 1815, in-fol. fig. cart.

277. B. Marliani topographia urbis Romæ. *Romæ*, in ædibus *Valerii Dorici*, 1543, in-fol. grav. en bois, d. rel.

Une des prem. représ. gravées de la statue de Laocoon.

278. Antichita de Tempi della republica imperatori, par Piranesi. *Roma*, 1748, in-fol. br.

279. Delle magnificenze di Roma antica et mo-
derna, grav. par Vasi. *Roma*, 1743, 5 vol. in-4.
obl. d. rel. Manq. le tom. 1er.

280. Piante elevazioni profili spaccati degli edifici
della villa suberpana, fuori la Porta flaminia.
Roma, 1784, gr. in-fol. fig. br.

281. Palais, maisons et édifices modernes, dessinés
à Rome par Percier et Fontaine. *Paris*, Didot,
in-fol. fig. cart.

282. Vues des monuments antiques de Rome, gravées par Rossini. *Rome*, 1820-23. 96 pl. gr.
in-fol.

283. Descrizione storica del Foro romano, per
Luigi Canina. *Roma*, 1834, gr. in-8. fig. cart.

284. Insignium Romæ templorum (christianorum)
prospectus exteriores interioresque, a Jo. Jac. ab
Rubeis in lucem editi, anno 1684. Gr. in-fol.
71 pl. grav. par Blondeau, Laigniel, etc., vél.

285. Roma subterranea novissima in qua post An-
tonium Bosium et celebres alios scriptores anti-
qua christianorum et præcipue martyrum cœ-
meteria, tituli, monimenta, epitaphia, inscrip-
tiones, etc., illustrantur, studiis P. Aringhi. *Coloniæ et veneunt Lutetiæ Parisiorum*, 1659, 2 part.
en 1 vol. in-fol. fig. vél.

Ouvrage important pour l'archéologie chrétienne.

286. Les édifices de la ville de Gênes et de ses environs, dessinés par Gauthier. *Paris*, Didot,
1845, in-fol. fig. d. rel. mar. bl.

287. Les ruines des plus beaux monuments de la
Grèce, par Le Roy. *Paris*, 1758, in-fol. fig. v.

288. Vues des monuments de la ville de Thèbes.
30 feuilles gr. in-fol.

289. L'art de conduire et de régler les pendules

et les montres, par Ferd. Berthoud. *Paris*,
1759, in-18. v.

290. Recueil de plusieurs machines de nouvelle
invention, par Perrault. *Paris*, 1700, in-4. fig.
veau.

291. Théâtre des instruments mathématiques et
méchaniques Jaques de Besson Dauphinois, *Lugduni*, 1578, in-fol. mar. rouge (*Anc. rel. aux
armes.*)

Avec 60 planches gravées sur cuivre. On y remarque des carrosses,
charrettes, meubles, etc.

292. Théâtre des instruments mathématiques et
méchaniques de Jaques Besson, avec l'interpré-
tation des figures d'icelui, par François Beroald.
Lyon, *J. Chouet*, 1594, in-fol. fig. vél.

60 planches et titre gravé.

293. Dessins des édifices, meubles, habits, machines, etc., des Chinois, par Chambers. *London*,
1757, gr. in-fol. fig. vél. vert.

294. Histoire de la Sainte-Chapelle royale du Palais, par S.-J. Morand. *Paris*, 1790, in-4. fig.
d. rel.

295. Description de l'église royale des Invalides
(par Félibien). *Paris*, 1706, in-fol. fig. mar. r.
fil. tr. dor. (*Aux armes de France.*)

296. Recueil des fondations et établissements faits
par le roi de Pologne à Nancy. *Lunéville*, 1762,
in-fol. fig. cart.

297. OEuvre de la diversité des termes dont on
use en architecture, par Hugues Sambin. *Lyon*,
1572, in-fol. fig. cart.

36 figures, avec une courte explication. Rare.

298. Libro d'Antonio Labacco, appartenente a
l'architettura. *Bolognini*, *Galleri formis*, 1570,

2 parties. — Extraordinario libro di architettura di Seb. Serlio, architetto del re christianiss. *In Lione, G. Rovillio*, 1560, gr. in-fol. rel. en bois.

Le dernier ouvrage est rare et important. Il renferme 50 planches de portes, etc., gravées en taille-douce dans le genre de **Du Cerceau.**

299. Discours du songe de Poliphile, déduisant comme Amour le combat à l'occasion de Polia. Trad. en français. *Paris, Jaques Kerver*, 1561, in-fol. fig. en bois, v. ant. (*Rel. origin.*)

Recherché à cause des belles gravures d'ornements et d'architecture. La planche du Priape s'y trouve intacte.

300. Monumenta sepulcrorum cum epigraphis, per Tobiam Fendh. *Vratislaviæ*, 1573, in-fol. peau de tr. (*Aux armes.*)

125 monuments sépulcraux gravés sur cuivre. Première et très rare édition.

301. The monumental brasses of England, by Ch. Boutell. *London*, S. D., gr. in-8. fig. cart. non rog.

Grand nombre de gravures en bois représ. des monuments sépulcraux curieux pour les costumes des personnes qui y sont représentées.

302. Cathédrales, costumes, etc., anciens, gravés au XIXe siècle. 8 pièces d'après Poustin, etc., gr. in-fol.

En tout plus de 25 planches.

303. Etchings, representing the best exemples of ancient ornemental architecture; drown from the originals in Rome, by Ch. Heathcot Tatham. *London*, 1799, gr. in-fol. d. rel.

101 grandes planches coloriées.

304. Le moyen âge monumental et archéologique, d'après les dessins de Chapuy. *Paris, Hausser*, 21 liv. in-fol. fig. (*En livraisons.*)

3o5. Grande collection de vues de Paris, Versailles, Fontainebleau, Vincennes, Vaux, Clagny, Saint-Germain, etc., dess. et grav. par Perelle. Gr. in-fol. obl. veau.

> Belles épreuves, en partie avec l'adr. de Langlois, en partie avant toute lettre. Rares dans cet état.

3o6. Civitates orbis terrarum. *Antverpiæ*, apud G. Radium, 1575, in-fol. peau de tr.

> Ouvrage renfermant 58 planches de costumes, vues ou plans de Londres, Paris, Montpellier, Tours, Rouen, Bordeaux, Lyon, Aix, etc., en superbes épreuves. C'est le premier essai de Bruyn pour publier son grand livre.

3o7. Lot considérable de planches d'architecture, d'ornements, vues de villes et châteaux, par Pieters, Kleiner, Piranesi, Bibiena, etc.

3o8. Romanorum Fontinalia. Les fontaines de Rome, dess. par Falti, et gravées par Sandrart et sa fille. *Norimbergæ*, 1685, in-fol. cart.

> Très bel exempl.

3o9. Description de la grotte de Versailles, avec 21 pl. gravées, par Krauss. *Augsbourg*, S. D., in-fol. d. rel. vél.

3io. Collection de vues d'intérieur, d'architecture, d'ornements, etc., gravées vers 1680 par Specchi, Thoarneyser, etc. Gr. in-fol. cart.

3ii. Li giardini di Roma, disegnate da G. B. Falda, nuovamente dati alle stampe con dir. di G.-G. Sandrart. *Norimberga*, S. D. (1685), in-fol.fig. cart.

3i2. Toiles peintes et tapisseries de la ville de Reims, par Louis Leberthais, accompagnées du texte des mystères, avec des explications historiques, par Louis Paris. *Paris*, S. D., 2 vol. gr. in-4. et atlas gr. in-fol. d. rel. veau ant.

> Épreuves sur papier de Chine.

3:3. LE TRÉSOR DE L'EGLISE DE HALLE, en Saxe (texte en allemand). Imprimé à *Halle*, 1520, in-4. goth. fig. rel. en bois, tr. dor. gaufr. (Manque le titre.)

Volume d'une telle rareté que l'on n'en connaît que trois exempl. complets, et peut-être autant de défectueux. C'est un recueil de figures d'ancienne ORFEVRERIE, dont la gravure en bois a été exécutée par *Lucas Cranach*. On y trouve des centaines d'objets d'une rareté extrême. Toutes les figures de ce précieux livre ont été coloriées à l'époque, d'après les originaux.

3:4. Le château de Pommersfelden, etc., appartenant au comte de Schoenborn. Gravé en taille-douce, in-fol. obl. d. rel.

Collection de vues, etc., gravées vers 1750. On y remarque des intérieurs d'appartements style Louis XV. Les tableaux de la célèbre galerie de Pommersfelden ont été gravés dans ce recueil.

3:5. Description des fêtes qui ont eu lieu à l'occasion du mariage entre Charles, archiduc d'Autriche, et Maria, princesse de Bavière, par H. Wierich (texte en allemand). *Wien*, 1571, in-fol. fig. en bois, d. rel. vél.

Très rare. Les planches sont fort curieuses et coloriées à l'époque. Deux de ces planches sont incomplètes d'un morceau.

3:6. La joyeuse et magnifique entrée de Mgr Françoys, fils de France, en sa ville d'Anvers. *Anvers*, *Plantin*, 1582, in-fol. fig. cart.

3:7. Entrée triomphante de L. M. Louis XVI et Marie-Thérèse d'Autriche, son épouse, dans la ville de Paris. *Paris*, 1662, gr. in-fol. fig. veau.

Les gravures sont en grande partie de Jean Marot, le portrait du roy par Poilly. Superbes épreuves.

3:8. Relation du voyage de Sa Majesté britannique en Hollande, et de la réception qui lui a été faite. *La Haye*, 1692, in-fol. fig. de R. de Hooghe, Marot, etc., d. rel. non. rogn.

3:9. Lot fort remarquable de planches d'ornements de Lucas de Leyde, Aldegrever, etc., du com-

34

mencement du xvi⁰ siècle , 1520 à 1540, très belles épreuves.

320. Autre lot de planches d'ornement de Lucas de Leyde, Aldegrever, et autres. Il est tout aussi important et beau que le numéro précédent.

321. Troisième lot d'ornements de maîtres du commencement du xvi⁰ siècle, gravés en taille-douce, également fort beau

322. Cinquante plan. des chiffrées, gravées sur cuivre vers 1630, re.. des ornements, meubles, autels, etc., etc. . a dernière planche contient un huitain en allemand. In-fol. br.

Très rare.

323. Potentissimorum Turciæ imperatorum imagines. *Heidelbergæ*, 1665, in-4. cart.

43 portraits. Très belles bordures, gravées par de Bry. Riche ornementation.

324. Cahier contenant 6 planches très grand in-fol., décorations de théâtre, etc., dessinées par Bibiena et gravées par Birckant et autres. *Prague*, 1723, in-4. cart.

325. Representatio belli auspiciis Leopoldi I, Josephi I et Caroli IV gesti, cura Jerem. Wolfii. *Augustæ*, s. d. (vers 1740), gr. in-fol. cart.

T. Decker, architect. Ornament. delineavit. Ces ornemens et bordures sont très riches et beaux, et dans le style de Berain.

326. Collection d'ornements, meubles, objets de serrurerie, portes, panneaux, jardins, glaces, etc., par François de Cuvilliés. Gr. in-fol. dans un carton.

Rare et recherchée. Belles épreuves, près de 100 pièces.

IV.

BELLES-LETTRES.

I. Linguistique.

327. Thresor des langues de cet univers, par Cl. Duret. *Colognes*, 1613, in-4. parch.

328. Dictionarium seu latinæ linguæ thesaurus, non singulas modo dictiones continens, sed integras quoque latine et loquendi et scribendi formulas (auct. Rob. Estienne). *Parisiis, ex officina Rob. Stephani*, 1538, in-fol. rel. en peau de tr. gaufr.

329. Versor super Donato. *Heidelbergæ*, 1489, pet. in-4. goth. d. rel.

  Traité de grammaire, très rare.

330. Dictionnaire allemand-italien et italien-allemand, par Levin Hulsius. *Francfurt*, 1605, in-4. vél.

  Rare.

331. Le grand dictionnaire françois-flamand et flamand-françois, formé sur celui de Richelet. *Bruxelles*, 1765, 2 vol. in-fol. v.

332. Glossaire étymologique et comparatif du patois picard ancien et moderne, par J. Corblet. *Paris*, 1851, in-8. br.

333. Grammaire des grammaires, par Giraud-Duvivier. *Paris*, 1834, 2 vol. in-8. br.

334. Asia polyglotta, ou classification des peuples de l'Asie d'après l'affinité de leurs langues, avec d'amples vocabulaires comparatifs de tous les

idiomes asiatiques, par Klaproth. *Paris*, 1823,
in-4. br. avec un atlas in-fol.

335. Grammaire de la langue malaie, par W. Mars-
den, trad. par P. J. Elout. *Haarlem*, 1824, gr.
in-4. cart. non rogn.

336. Amusement philologique sur le language des
bestes. *Amsterd.*, 1750.—Conte phrygien, âne,
etc., Silene. *Lampadouse*, 1758. — Et d'autres
pièces. Pet. in-8. v.

II. Auteurs grecs et latins.

337. Lampas sive fax artium liberalium, hoc est
thesaurus criticus, in quo infinitis locis histori-
corum, poetarum, grammaticorum, etc., scripta
illustrantur, collectus a Jano Grutero. *Francofurti*, 1602-7, 5 vol. in-8. vél.

    Curieux recueil des réimpressions de divers auteurs.

338. Auli Gellii noctes atticæ, cum notis variorum
et recensione A. Thysi et J. Piseli. *Lugd. Bat.*,
P. Leffen, 1666, in-8. rel.

339. Cicero, Manucciorum commentariis illustratus
antiquæque lectioni restitutus. *Venetiis, apud
Aldum*, 1583, 10 part. en 6 vol. in-fol. bas. dos
de mar.

    Collection que l'on trouve rarement complète.

340. Philippicæ M. Tullii Ciceronis, cum tribus
commentariis ed. (Jodocus Badius). *Sub prelo
Ascensiano*, 1519, in-4. m... rouge, tr. dor.

341. M. Tullii Ciceronis epistolæ ad Atticum, ad
M. Brutum, ad Quinctum fratrem. *Venetiis,
Aldus*, 1563, pet. in-8. cart.

342. Commentarius Pauli Manutii in epistolas

Ciceronis ad Atticum. *Venetiis, Aldus*, 1568, pet. in-8. cart.

343. Anthologia græca, sive florilegium, hoc est veterum græcorum poetarum epigrammata comprehensa libris septem, interprete Eilhardo Lubino. *Commelin*, 1604, in-4. rel.

344. Anthologie, ou recueil des plus beaux epigrammes grecs, mis en vers françois par P. Tamisier. *Lyon*, 1618, in-8. cart.

345. Aristæneti epistolæ, gr. lat. *Parisiis*, 1610, in-8. vél.

346. OEuvres d'Horace, latin et français, trad. de Marolles. *Paris*, 1678, 2 vol. in-12. v. gauf. fil.

347. The works of Horace, translated by Philips Francis. *London*, w. y., in-32. v. bl. fil.

348. Les sermons ou satyres de Q. Horace Flacce (avec tr. en vers fr.). *Paris*, 1588, in-8. v. f.

349. Odes d'Horace, trad. Goupy. *Paris*, Didot, 1823, in-8. pap. vél. v. f. (*Thouvenin.*)

350. Odes d'Horace, trad. en vers de L. Halévy. *Paris*, 1824, in-8. d. rel. v. f.

351. Odes d'Horace, trad. en vers du général Delort. *Paris*, 1831, in-8. d. rel.

352. P. Virgilii Maronis opera notis illustravit Carolus Ruæus. Ad usum Delphini. *Parisiis, Barbou*, 1722, in-4. front. grav. veau ant. fil. Bel exempl.

353. P. Virgilii Bucolica et Georgica, P. Rami prælectionibus illustrata. *Parisiis*, 1555-56, 2 t. en 1 vol. in-8. v.

354. Traduction des élégies amoureuses d'Ovide en vers françois. *S. L.*, 1693, in-12. v.

355. Les épitres amoureuses d'Ovide, trad. en vers françois. *Cologne*, 1702, in-12. fig. de Harrewin, v.

356. Ausonii opera, edita cum notis variorum, recensa a Jacobo Tollio. *Amst.*, *Blaeu*, 1671, in-8. rel.

357. Lucani Pharsalia. *Parisiis*, *Ad. Renouard*, 1795, in-fol. pap. vél. cart. n. r.

358. Lucretius. *Parisiis*, *Barbou*, 1744, in-12. v. tr. d.

359. Lucrèce, trad. de Pongerville, texte en regard. *Paris*, *Panckoucke*, 1839, 2 vol. in-8. cart.

360. Traduction en prose de Catulle, Tibulle et Gallus (par le marquis de Pezai). *Amst.*, 1771, 2 vol. in-8. v. fil. tr. dor.

361. Satires de Juvenal, trad. par Dusaulx, texte en regard. *Paris*, *Panckoucke*, 1839, 2 vol. in-8. cart.

362. Satires de Perse, trad. par Perreau, texte en regard. *Paris*, 1832, in-8. cart.

363. Traduction entière de Petrone. *Cologne*, 1694, 2 vol. in-8. v.

364. Phædri fabulæ. *Parisiis*, *Barbou*, 1754, in-12. v. tr. d.

365. Rabi Joseph Hyssopœus, Iudæorum poeta dulcissimus (carmine latino), trad. a Joanne Reuchlin. *Tubingæ*, *Anshelmus Badensis*, 1512, pet. in-8. cart.

Rare.

366. Marci Hieronymi Vidæ, de arte poetica, de bombyce, de ludo scacchorum, etc. *Romæ*, 1527, pet. in-4. v. gaufr.

Première édition.

367. Ab. Coulei poemata latina. *Londini*, 1668, in-8. mar. viol. dent. tr. dor.

368. Laurentii Gambaræ brixia poemata. *Ant-*

verpiœ, 1569, in-8. mar. r. tr. dor. (*Anc. rel.*)

Avec la signature de PHILIPPE DESPORTES sur le titre. On a re-
lié à la suite : Themis dea, Steph. Pighii. *Antv.*, 1569.

369. Comes rusticus. *Parisiis*, 1708, 2 vol. pet.
in-8. d. rel. non rogn.

Poésies latines. Le second volume, inédit, est un autographe de
D. J. van Lennep.

370. Epitaphia joco-seria collegit F. Swertius. *Co-
loniœ*, 1623, in-8. vél.

371. Incipit epistola Francisci Petrarchæ de insigni
obedientia et fide uxoria Griseldis in Wal-
therum *Ulme impressum per Johanem Zeiner de
Reutlingen*, anno Domini 1473, pet. in-fol. d.
rel. mar.

Bordure peinte sur la première page.

372. Michaelis Hospistalii Galliarum cancellarii,
epistolarum seu sermonum libri VI. *Lutetiœ*,
Patisson, 1585, in-fol. vél.

373. Moriæ enkomium, sive stultitiæ laus Des.
Erasmi. Cum fig. Holbenii, ed. Becker. *Basileæ*,
1780, in-8. grav. en bois, pap. de Holl. br.

374. Opera Bebeliana. Triumphus Veneris, etc.,
etc. *Phorce*, in ædibus Thomæ Anshelmi, 1509,
pet. in-4. v.

375. Alani Varenii Montalbani de amore dialogus.
Bononiœ, 1503, pet. in-4. cart.

376. Navicula sive speculum fatuorum Joa. Geyler
Keysersbergi, in sermones divisa, suis figuris
jam insignita, a Jac. Othero. Compendiosa vite
ejus descriptio, per beatum Rhenanum Seles-
tat. *Argentorati*, 1511, in-4. goth., curieuses
grav. en bois, p. de tr.

Rare. Bel exempl.

III. Poëtes français, italiens, etc.

377. Extraits de quelques poésies des XII°, XIII° et XIV° siècles. *Lausanne*, 1759, pet. in-8. v.

378. Fabliaux et contes des poëtes françois (recueillis par Barbazan). *Paris*, 1756, 3 vol. in-12. v.

379. Deux fabliaux publiés d'après un manuscrit de Neufchatel, par A. Keller. *Stuttgart*, 1840, in-8. br.

Tiré à 200 ex.

380. La vie de S. Nicolas de Wace, publ. d'après des manuscrits par Délius. *Bonn*, 1850, in-8. br.

381. Poésies de Clotilde de Surville. *Paris*, 1803, in-8. cart. n. r.

382. Histoire de Jean de Saintré. *Paris*, 1724, 3 vol. in-12. d. v.

383. Œuvres de Clément Marot, de Jean Marot son père, et de Michel Marot son fils. *La Haye*, 1731, 6 vol. in-12. v.

384. Les Proverbes de Salomon et l'Ecclesiaste, mis en vers françois par P. Perrot sieur de la Sale. *Paris*, 1612, in-12. v.

385. Le premier (second, etc., jusqu'au 12°) Courrier françois, en vers burlesques. *Paris*, 1649, 12 part. en 1 vol. in-4. cart.

386. Poésies de Muret, mise en vers françois par Muret. *Paris*, 1682, in-12. v.

387. Le Virgile travesti en vers burlesques, par Scarron. *Paris*, 1675, 2 vol.—Suite. *Bordeaux*, 1674, 1 vol. Les 3 vol. pet. in-12. v.

388. Poésies de Malherbe. *Paris*, *Barbou*, 1764, in-8. v. tr. d.

389. Poésies de Malherbe. *Paris*, 1815, in-8. v.
f. (*Thouvenin.*)

390. Poesies et lettres de Malherbes. *Paris*, 1822,
2 vol. in 8. br.

391. Poésies de Malherbe, suivies d'un choix de
ses lettres, publ. par Léon Thiessé. *Paris*, 1838,
in-8. d. rel.

392. Poésies diverses de M. de Brebeuf. *Rouen*,
1662, in-12. d. rel.

393. OEuvres diverses du sieur R. (J.-B. Rousseau).
Soleure, 1712, in-12. v.

394. Les bijoux des neuf sœurs. *Paris*, 1790, 2 vol.
in-12. fig. br.

395. Elite des poésies fugitives, par M. deV. *Londres*, 1784, 2 vol. in-18. v.

396. Les fastes ou les usages de l'année, poème, par
Le Mierre. *Paris*, 1779, gr. in-8. pap. de Holl.,
v. tr. dor.

397. Les sens, poème. *Londres*, 1766, in-8. fig.
d'Eisen, v.

398. Mes passe-temps, par J.-E. Despréaux. *Paris*, 1806, 2 vol. in-8. br.

399. Recueil d'épitaphes sérieuses, badines, sati-
riques et burlesques, par D. de P. *Bruxelles*,
1782, 3 vol. in-12. v. f. dent. tr. dor.

400. Festin joyeux, ou la cuisine en musique (par
J. Lebas). *Paris*, 1738, in-12. fig. mar. rouge,
tr. dor.

401. Romances et poésies érotiques, par Eusèbe
Salverte. *Paris*, 1798, in-8. n. rel.

402. Les quatre heures de la toilette des dames,
poème par de Favre. *Paris*, 1793, in-18. v. f.
fil.

403. M.-J. Chénier, poésies diverses. *Paris*, in-8.
d. rel.

404. OEuvres de Delille. *Paris*, *Michaud*, 1824,
17 vol. in-8. fig. d. rel.

405. Idylles de M. Berquem. *Paris*, *Ruault*, 1775,
2 vol. in-12. fig. premières épreuves, br. gr. pap.

406. Idylles de M. Berquem. *S. L.* n. d. (manque
le titre imprimé), in-12. fig. v. fauve, fil.

407. Fables choisies, mises en vers par La Fontaine. *Amst.*, 1728, 2 vol. in-8. fig. mar. r. fil.
tr. dor. (*Anc. rel.*)

408. Fables de La Fontaine, illustrées par J. David. *Paris*, 1839, in-8. br.

409. Six fables de La Fontaine, mises en musique
avec accomp. de piano par J. Offenbach. *Paris*,
S. D., gr. in-4. fig. cart.

410. Fables de La Motte. *Paris*, 1719, in-4. fig. v.

411. Fables et poésies diverses de E. Fumars. *Paris*, 1807, gr. in-8. pap. vél. v. f. fil. tr. dor.

412. Le terze rime di Dante. *Venetia*, *Aldo*, 1502,
pet. in-8. mar. r. tr. dor.

> Première édition des Aldes, rare et recherchée. Bel exempl. du
> premier tirage sans l'ancre.

413. La divine comédie de Dante, trad. Artaud.
Paris, 1830, 9 vol. in-32. pap. vél. br.

414. Orlando furioso de M. Ludovico Ariosto, trad.
en romance castellano por el D. Hieronimo de
Urrea. Assimo se ha anadido una breve intro-
ducion para saber e pronunciar la lengua castel-
lana, etc., por el S. Alonso de Ulloa. *Venecia*,
Giolito, 1553, in-4. mar. ol. (*Rel. origin.*)

> Avec de belles gravures en bois. Très rare.

415. Histoire de Roland l'amoureux, mise en vers
françois de l'italien de MM. Bayard, par J. Vincent. *Lyon*, 1614, in-8. d. rel.

416. Il Morgante maggiore de L. Pulci. *Londra*,
1768, 3 vol. in-18. mar. r. (*Anc. rel.*)

417. Jérusalem délivrée du Tasse, trad. de Lebrun. *Paris*, 1814, 2 vol. in-8. fig. pap. vél.
418. Tredeci canti del Floridoro. *In Venezia, Rampazetti*, 1581, in-4. fig. en bois, parch.
    Poème chevaleresque.

419. Stanze di diversi illustri poeti. *Venegia*, 1580, 2 vol. in-12. parch.
420. Ariosto, Berni, satirici e burleschi del secolo XVI. *Venezia*, 1787, in-8. v. f. dent.
421. Paradise lost, a poem by M. 'ton. *London*, 1749, 2 vol. in-4. v.
422. OEuvres complètes de lord Byron, trad. par A. P. (Pichot). *Paris*, 1820, 5 vol. in-8. cart. n. rog.
423. J. V. Vondels Poëzy. *Franeker*, 1682, 2 vol. in-4. v.
424. Dichtkundig praal Toonell van Neerlands Wonderen. *Te Embdem*, 1753, 7 t. en 3 vol. in-8. fig. vél.
425. Opus Merlini Cocaii macaronicorum. *Veneliis*, 1613, in-12. fig. d. rel.
426. Antonius de Arena ad suos compagnone studantes, qui sunt de natura friantes, etc. *Londini*, 1758, in-12. v.
427. Las obras de Pierre Goudelin. *Toulouso*, 1713, in-12. v.
428. Sacra lyra variorum auctorum concionibus contexta, in latina epigrammata, per R. P. D. Phanestum Musica conversis. *Panormi*, apud Cirillum, 1650, pet. in-12. parch.
    Poésies en patois de Sicile, texte latin en regard. Très rare.

IV. Théatre.

429. Plauti comœdiæ, ex recensione Gronovii, cumque præfatione Ernesti. *Lipsiæ*, 1760, in–8. 2 parties reliées en un volume.

430. Comédies de Térence, trad. par Lemonnier (texte latin en regard), rev. et annot. par Auger. *Paris*, 1825, 6 vol. in–12. br.

431. Ectrachelistis sive Joannes decollatus, tragœdia nova et sacra, per J. Trœpperum. *Coloniæ*, 1546, in–8. d. rel.

432. Tragicomedia de Calisto y Melibea. En la qual se contienen (de mas de su agradable y dulce estilo) muchas sententias, etc. Impressa en la muy noble y leal ciudad de *Caragoça* por Augustin *Milla*, 1555, in–24. goth. fig. en bois, parch.

Edition tout aussi rare que belle. Charmant exemplaire, rempli de témoins.

433. La farce de maistre Pierre Pathelin, avec son testament. *Paris, Coustelier*, 1723, in–8. v.

434. Le mirouer et exemple moralle des enfans ingratz pour lesquels les pères et mères se destruisent. (Moralité à 18 personnages.) *Aix, Pontier*, 1836, pet. in–8. fig. en bois, br.

Tiré à 66 exempl.

435. Le théàtre de la foire, pièces représ. aux foires de S.-Germain et S.-Laurent, rec. p. Lesage et d'Orneval. *Paris*, 1724-1727, 10 vol. pet. in–8. fig. et musique, v.

436. Les œuvres de Monsieur de Molière, reveues, corrigées et augmentées. *Paris, D. Thierry*, 1682, 8 vol. in–12. v. f. fil. tr. dor.

437. Molière. 1682, 8 vol. in–12. v. br.

438. Histoire de la vie et des ouvrages de Molière, par Jules Taschereau. *Paris*, 1828, in-8. br.
Exempl. en grand papier vélin.

43g. Théâtre de P. Corneille. *S. L.*, 1764, 12 vol. in-8. v. (*Armes.*)

44o. OEuvres de P. Corneille. *Paris*, *Renouard*, 1817, 12 vol. in-8. br.

44i. Précis historique sur la statue de Pierre Corneille érigée à Rouen en 1834, par A. Deville. *Rouen*, 1838, in-8. pap. vél. fig. d. rel.

442. Théâtre de Beaumarchais. *Paris*, 1842, in-12. rel. mar. viol.

443. Théâtre de Clara Gazul (par M. P. Mérimée). *Paris*, 1825, in-8. d. rel.

444. Il pastor fido di B. Guarini. *Londra*, 1718, in-4. fig. v. fauve.

445. Faustus, translated from the german. *London*, 1825, in-12. fig. cart. n. r.

446. Histoire du théâtre italien. *Paris*, 1769, 7 vol. in-12. v.

447. De l'art de la comédie, par Cailhava. *Paris*, 1786, 2 vol. in-8. br.

448. La déclamation théâtrale, poème. *Paris*, 1766, in-8. fig. v.

V. ROMANS, CONTEURS, FACÉTIES, ETC.

449. Histoire de Huon de Bordeaux. *Troyes*, S. D., — Galien, restore. *Troyes*, S. D., in-4. — Fig. de la Bible. — La vie du fameux Gargantua.— Le miroir des femmes. In-8. br.
Réimpressions.

45o. Recueil très considérable (plus de 70 pièces), romans populaires, chansonniers, facéties ancien-

46

nes, contes, livres singuliers, etc., etc., imprimées par Garnier, à *Troyes*, in-8. et in-12. br.

451. Le roman comique mis en vers, par Le Tellier
d'Orvilliers. *Paris*, 1733, 2 vol. in-12. v. f.

452. Les aventures de Télémaque. *La Haye*, 1699,
3 vol. in-12. v. f. (*Exemplaire Soubise.*)

453. Les aventures de Télémaque, par Fénelon.
Paris, *P. Didot*, 1814, 2 vol. in-8. pap. vél.
cart. n. r.

454. OEuvres de Walter Scott. *Paris*, 1829, 35
vol. in-12. br.

455. Les nouvelles de Marguerite, reine de Navarre.
Berne, Société typ., 1780-81, 3 vol. in-8. fig. de
Freudenberg, d. rel.

456. Le décameron de M. Jean Bocace, Florentin.
Nouvellement traduict d'italien en françois par
Antoine le Maçon. *Lyon*, *G. Rouille*, 1552, in-
16. fig. en bois, mar. rouge, tr. dor. (*Anc. rel.*)

Ex. réglé. Les gravures sont fort jolies.

457. Contes et nouvelles de Boccace. *Cologne*, 1732,
2 vol. in-8. fig. de Romeyn de Hooge, v. f. (*Anc.
rel.*)

458. Contes de J. Boccace, trad. nouvelle. *Londres*,
1779, 10 vol. in-12. fig. v. éc. fil.

459. Histoire prodigieuse et lamentable de Jean
Fauste, grand magicien, avec son testament et sa
vie espouvantable. *Paris, C. L. Malassis*, 1674,
pet. in-12. parch.

460. Voyage sentimental de Sterne. *Strasbourg*,
1796, in-8. d. rel. m. v.

461. OEuvres de Rabelais, t. I-II. *Paris, L. Janet*,
1823, 2 vol. in-8. d. rel.

462. OEuvres de Rabelais. *Bruxelles*, 1830, 7 vol. in-16. br.

Belle édition.

463. Les Augustins, contes nouveaux. *Rome*, 1779, in-12. cart.

464. Histoire des compagnes de Maria, ou épisodes de la vie d'une jolie femme, ouvrage posthume de Restif de la Bretonne. *Paris*, 1811, 3 vol. in-12. v.

465. Galanteries des rois de France, par Sauval. *Paris*, 1731, 2 t. en 1 vol. in-8. v.

466. Amours diverses, en six histoires, par de Nerveze. *Paris*, 1617, in-12. v.

467. Les amours d'Anne d'Autriche (avec le cardinal Richelieu). *Cologne*, 1722, pet. in-12. bas.

468. Propos rustiques. 1732, in-12. v. f. fil. tr. dor.

469. Amitiez, amours et amourettes, par Le Pays. *Paris*, 1699, in-12. v.

470. Amitiez, amours et amourettes, par Le Pays. *Amst.*, 1705, in-12. v.

471. Philosophie d'amour de Leon Hebreu. *Paris*, 1580, in-16. mar.

472. Traité de l'excellence du mariage, par J. Chaussé. *Paris*, 1707, in-12. v.

473. Traité de la dissolution du mariage pour cause d'impuissance. *Luxembourg*, 1735, in-8. br.

474. Le plaisant discours et advertissement aux nouvelles mariées pour se bien et proprement comporter la première nuit de leurs nopces. *Strasbourg*, 1851, in-8. pap. vél. d. rel. mar. r. n. rog.

475. La femme mécontente de son mari. *Troyes*, *veuve Garnier*, S. D., in-18. d. rel.

476. Défense du beau sexe. *Amst.*, 1753, 2 vol.
in-12. d. rel.

477. Le moine marchand, ou traité contre le commerce des religieux. *Amsterdam*, 1761, pet.
in-8. v.

478. Les jésuites démasqués. *Cologne*, 1759, pet.
in-12. v. — Le rappel des jésuites en France.
Cologne, S. D., pet. in-12. v. — Les enlumineurs
de l'almanach des jésuites. *S. L.* n. d., in-8. v.

479. Les hermites en liberté, par Jouy. *Paris*,
1824, 2 vol. in-8. d. rel.

480. Les décisions de Cythère, ou le code de l'amour. *Amst.*, 1776, in-12. v.

481. Histoire des rats. *Ratopolis*, 1738, in-8. v.

482. L'ordre irrégulier, ou pièces diverses, par Ant.
Lasalle. *Semur*, an IV, in-8. n. rel.

483. Sermon pour la consolation des cocus. *Amboise*, 1751, pet. in-8. br.

Réimpression.

484. L'art de désopiler la rate (par Panckoucke).
Venise, 1788-75, 2 vol. in-12. v.

485. L'art de ne point s'ennuyer. *Paris*, 1715, in-12. vél. — Les amusemens des dames de B***.
In-8. d. rel. n. rog.

486. Les rencontres, fantasies et coq-à-l'asne du
baron de Gratelard. *Troyes, Garnier*, S. D., in-12. br.

487. Eloge de la folie, trad. d'Erasme par Gueudeville. *S. L.*, 1752, in-12. fig. v.

488. Eloge de la folie, nouvellement traduit du
latin d'Erasme, par M. de la Veaux, avec les
figures de Jean Holbein. *Basle*, 1780, in-8. br.

489. L'utopie de Thomas Morus. *Amsterdam*, 1643,
pet. in-12. vél. trad. par Sorbière.

490. Schola curiositatis, sive antidotum melancholiæ. *S. L.* N. D., in-12. cart.

491. Isotæ Nagarolæ Veronensis dialogus, quo utrum Adam vel Eva magis peccaverit, quæstio satis nota, sed non adeo explicata, continetur. *Venetiis, Aldus*, 1563, pet. in-4. cart.

    Bel exempl. d'un livre singulier et très rare.

492. Valesiana. *Paris*, 1693, in-12. v.

493. Carpentariana. *Amst.*, 1741, in-12. v.

494. Les véritables lettres d'Abeillard et d'Héloïse (trad. par de Gervaise). *Paris*, 1723, 2 vol. in-12. v.

495. Les lettres de Roger de Rabutin, comte de Bussy. *Paris*, 1697, 4 vol. in-12. v.

496. Les lettres de Bussy de Rabutin. *Paris*, 1737, 7 vol. in-12. v.

497. Lettres chrestiennes et spirituelles de Jean du Verger de Hauranne, abbé de Saint-Cyran. *Paris*, 1645, in-4. mar. r. comp. tr. d. (Anc. rel.)

498. Ferrante Pallavicino. Le due Agrippine. *Venetia*, 1654. — La Suzanna. *Ibid.*, *eod.* — La Bersabea. *Ibid.*, *eod.* In-16. v.

VI. POLYGRAPHES, MÉLANGES.

499. Les OEuvres morales et meslées de Plutarque. *Paris*, Vascosan, 1575, 2 vol. in-fol. d. rel. v.

500. OEuvres complètes de Boileau Despréaux, notice par Daunou. *Paris*, 1839, 3 vol. in-8. d. rel.

501. Champfort. OEuvres complètes. *Paris*, Maradan, 1812, in-8. d. rel. mar.

502. OEuvres complètes de Châteaubriant. *Paris*,

Pourrat frères, 1838-39, 32 vol. gr. in-8. pap. vél. br.

Manque le vol. 10.

5o3. OEuvres choisies de Colardeau. *Paris, Janet et Cotelle*, 1825, in-8. cav. vél. br.

5o4. OEuvres choisies de Colardeau. *Paris*, 1825, in-8. br.

5o5. OEuvres de Franklin. *Paris*, 1773, 2 vol. in-4. v. f. fil.

5o6. OEuvres de Franklin. 2 t. en 1 vol. in-4. v.

5o7. OEuvres choisies de Lebrun. *Paris, Janet et Cotelle*, 1829, in-8. cav. vél. br.

5o8. OEuvres choisies de Lebrun. *Paris*, 1829, in-8. portr. br.

5o9. OEuvres complètes de Millevoye. *Paris*, 1837, 2 vol. in-8. br.

51o. OEuvres de Montesquieu. *Londres*, 1767, 3 vol. in-4. v.

511. OEuvres d'Andrieux. *Paris, Nepveu*, 1818, 4 vol. in-8. fig. avant la lettre, v. ant. fil. tr. dor.

512. OEuvres de Regnard. *Paris*, 1790, 4 vol. in-8. v.

513. OEuvres de Vadé. *La Haye*, 1785, 4 vol. in-12. d. rel.

514. OEuvres complètes de Vadé. *Troyes*, 1798, 6 vol. in-18. n. rel.

515. OEuvres complètes de C.-F. Volney. *Paris, Bossange*, 1821, gr. in-8. br.

516. OEuvres complètes de Voltaire. *De l'imprimerie de la Société typogr.*, 1785, 70 vol. in-8. bas.

Incompl. des tomes 15 et 41.

517. Pièces inédites de Voltaire. *Paris, Didot*, 1820, in-8. br.

518. Les œuvres diverses du sieur de Balzac. *Amst.*, Elzevier, 1664, pet. in-12. v.

519. Les œuvres diverses de Cyrano Bergerac. *Rouen*, 1676, in-12. v.

520. M. J. de Chénier. Tableau de la littérature française. *Paris*, 1818, in-8. d. rel.

521. Cours de littérature française, par Villemain. *Paris*, Didier, 1828, in-8. d. rel.

522. Mélanges d'histoire et de littérature, par Vigneul Marville (Bonaventure d'Argonne). *Paris*, 1713, 3 vol. in-12. v.

523. Charles Nodier. Mélanges de littérature. *Paris*, 1820, 2 vol. in-8. d. rel. mar. bl.

524. Le livre des singularitez, par G. P. Philomneste (Peignot). *Dijon*, 1841, gr. in-8. br.

525. Amusements philologiques, ou variétés en tous genres, par G. P. Philomneste (Peignot). *Dijon*, 1842, gr. in-8. br.

526. Le théâtre des divers cerveaux du monde, trad. d'italien par G. C. d. T. (G. Chappuis). *Paris*, 1586, in-16. v.

527. Traitté de la Critique, par Saint-Réal. *Utrecht*, 1693, pet. in-12. v.

528. Mémoires de l'académie de Troyes. *Troyes*, 1756, in-12. v.

529. Pensées de Jean Paul, par M. le marquis de Lagrange. *Paris*, 1836, in-8. d. rel.

530. Le chef-d'œuvre d'un inconnu (par Saint-Hyacinthe). *Lausanne*, 1754, 2 vol. pet. in-8. v.

531. Pamphlets de P. Louis Courrier. *Bruxelles*, 1827, in-8. cart.

V

HISTOIRE.

1. Géographie, Voyages.

532. Description de l'univers, contenant les différents systèmes du monde, par Allain Menesson. *Paris*, 1683, 4 vol. in-8. fig. mar. r. à comp. tr. dor. (*Anc. rel.*)

533. Origine des découvertes attribuées aux modernes, par Dutens. *Londres*, 1796, in-4. v.

Envoi de l'auteur.

534. Annales des voyages, de la géographie, et de l'histoire, par Malte-Brun. *Paris*, 1809-1815, 24 vol. et table br.—Nouvelles annales des voyages. *Paris*, 1830 à 1835, 20 vol. En tout 45 vol. in-8. br.

535. Bibliothèque universelle des voyages, ou Notice complète et raisonnée de tous les voyages anciens et modernes, par Boucher de la Richardière. *Paris*, 1808, 6 vol. en 3, gr. in-8. d. rel.

536. Bulletin des sciences géographiques, voyages, etc., publ. par Ferry. *Paris*, 1824-1831, 8 années, in-8. br.

Les trois dernières années sont incomplètes.

537. Journal des voyages, découvertes et navigations modernes. *Paris*, 1821-1829, vol. 1 à 24, d. rel., vol. 25 à 32 br.

Manque le mois de juin 1829. Les années 1825 et 1826 sont doubles.

538. Histoire générale des voyages, par Desborough

Cooley. *Paris, Charpentier*, 1840, 3 vol. in-12. d. rel. d. de v. v.

539. Histoire pittoresque des voyages, par Eugène Hatin. *Paris*, 1843, 5 vol. in-8. fig. br.

540. Mémoires hydrographiques pour servir d'analyse et d'explication à l'Atlas de l'Océan Pacifique, par Krusenstern. *Saint-Pétersbourg*, 1824, gr. in-4. cart. n. rogn.

> Tiré à 150 exemplaires.

541. La France maritime, par Gréhan. *Paris*, 1837, 4 vol. in-4. fig. d. rel.

542. Atlas van de Zeehaven, der Bataafsche Republick, afgebeeld door D. de Jong en M. Sallieth, beschreven door C. van der Aa. *Amst.*, 1805, in-fol. fig. cart. n. r.

543. Naaukeurige Versameling der gedenkwardigste Reysen naar Oost en West-Indien. *Leyden, P. van der Aa*, 29 vol. in-8. fig. vél.

544. Divers atlas et lots de cartes.

545. Beau lot de voyages en Amérique et autour du monde.—Krusenstern, Morell, Head, Bullock, Wilson, Leslie, Walsh, Ross, Hall, Skinner, Spark, Cox, Waterton, Briggs, Cunningham, Quin, en anglais. 30 vol. in-8. cart. n. r.

> Le lot sera partagé si on le désire.

546. Fr. Ernesti Brückmanni centuriæ II et III epistolarum itinerariarum. *Wolffenbuttelæ et Brunsvigæ*, 1749-56, 2 vol. in-4. fig. br.

> Collection intéressante et rare. Le titre du 1ᵉʳ volume déchiré.

547. Voyages du duc de Raguse. *Paris*, 1837, 5 vol. in-8. et un atlas in-4. d. rel.

548. Voyage pittoresque des environs de Paris, par D. *Paris*, 1755, in-12. fig. v.

549. Voyage pittoresque dans les Pyrénées fran-

çaises, par Melling, texte par Cervini. *Paris,* 1830, 2 vol. gr. in-fol. obl., dont un de planches, d. rel.

550. Voyage pittoresque dans le Tyrol, par le comte de B. *Paris, Gide*, 1825, 24 grav. in-fol. cart.

551. Voyage historique et littéraire en Angleterre et Ecosse, par Amedée Pichot. *Paris*, 1825, 3 vol. in-8. fig. br.

552. Voyage de la Grèce, par Pouqueville. *Paris, Didot*, 1826, 6 vol. in-8. fig. br.

553. Travels in Russia, the Krimea, the Caucasus and Georgia, by R. Lyall. *London*, 1825, 2 vol. in-8. br.

554. Tableau des établissements français dans l'Algérie. 6 vol. in-4. br.

555. Narrative of travels and discoveries in Northern Africa, by Clapperton and Redney. *London*, 1828, 2 vol. gr. in-8. fig. cart. n. r. — Journal of a second expedition in the interior of Africa, by Clapperton. *London*, 1829, gr. in-4. fig. —Records of Clapperton's last expedition to Africa, by R. Lander. *London*, 1830, 2 vol. in-8. En tout 4 vol. gr. in-8. et un vol. in-4. cart. n. rog.

556. Travels in the great desert of Sahara, by James Richardson. *London*, 1848, 2 vol. gr. in-8. fig. cart. n. rog.

557. Travels in the Timanee, Kooranko and Soolina countries in Western Africa, by A. Gordon Laing. *London*, 1825, fig. cart. n. rogn.

558. Travels to Bokhara, by Alex. Burnes. *London*, 1834, 3 vol. grand in-8. fig. cart. n. rog.

559. Four years of Southern Africa, by Cowper Rose. *London*, 1829. — A voyage to Africa, by

W. Hutton. *London*, 1821, fig. col. 2 vol. gr. in-8. cart. n. rog.

560. Travels and adventures in Southern Africa, by G. Thompson. *London*, 1827, 2 vol. gr. in-8. fig. cart. n. rog.

561. Travels in Turkey, Egypt, Nubia and Palestine, by R. Madden. *London*, 1829, 2 vol. gr. in-8. cart. n. rog.

562. Voyage au mont Caucase et en Géorgie, par Klaproth. *Paris*, 1823, 2 vol. gr. in-8. br.

563. Travels in Arabia, by L. Burckhardt. *London*, 1829, 2 vol. in-8. cart. n. rog.

564. Voyage en Syrie par Cassas. 2 vol. in-fol. fig. d. rel.

565. Voyage à Jérusalem, en Egypte et au mont de Sinaÿ, par Albrecht, comte de Lœwenstein et Scharpfeneck, commencé le 30 mars 1561 et terminé le 16 août 1562 (en allemand et latin). In-4. cart.

Manuscrit de 206 pages, sur papier, exécuté vers 1600.

566. Discours sur les causes du desbordement du Nil, par de la Chambre. *Paris*, 1665, in-12. d. rel.

567. Journey into Khorasan and the North-East of Persia, by James Fraser. *London*, 1825, gr. in-4. cart. n. rog.

568. Lord Amhurst's ambassady of China, by H. Ellis. *London*, 1818, 2 vol. gr. in-8. cart. n. r.

569. Journal of an embassi to the courts of Siam and Cochinchina, by John Crawfurd. *London*, 1828, in-4. cart. n. rog.

570. Narrative of a journey from Calcutta to Bombay, Ceylan, etc., by Bishop Reg. Heber. *London*, 1829, 3 vol. gr. in-8. cart. n. rog.

571. Journal of a tour through the Snowy Rang of
the Himala mountains, and to the sources of the
rivers Jumna and Ganges, by Baillie Fraser. *London*, 1820, gr. in-4. n. rog. Grande carte.
572. Relation abrégée du voyage en Amérique de
Condamine. *Paris*, 1745, in-8. cart. mar. v.
(*Aux armes.*)
573. San Juan de Uloa. Relation de l'expédition
française au Mexique. *Paris*, 1839, gr. in-8.
grav. sur pap. de Chine, d. rel. mar. v.
574. Notices of Bresil, by R. Walsh. *London*,
1830, 2 vol. gr. in-8. cart. n. rog.
575. Description des Etats-Unis, par Warden.
Paris, 1820, 5 vol. in 8. br.
576. Narrative of a voyage to the Pacific and Beerings-Strait, by F. W. Beechey. *London*, 1831,
2 vol. gr. in-8. fig. cart. n. rog.
577. Voyages round the world, by Edmund Tanning. *New-York*, 1833, gr. in-8. fig. cart. n.
rog.
578. Voyage of discovery into the South Sea and
Beerings-Strait, by Kotzebue. *London*, 1821, 3
vol. in-8. — A new voyage round the world, by
Kotzebue. *London*, 1830, 2 vol. in-8. cart. n. r.
579. R. N. Kings, Voyages to Australia. *London*,
Murray, 1827, in-8. fig. cart. n. rog.
580. Weddels voyage towards the South pole. *London*, 1827, gr. in-8. fig. cart.
581. Two expeditions into the interior of Southern-Australia, by Ch. Strutt. *London*, 1834, 2 vol.
gr. in-8. fig. color. cart. n. rog.
582. Journal of a cruise made to the Pacific
Ocean, by D. Parter. *New-York*, 1822, 2 vol. gr.
in-8. fig. — Travels of the Russia mission trough
Mongolia to China, by G. Timkowsky, with notes

by Klaproth. *London*, 1827, 2 vol. gr. in-8. cart.
n. rog.

2. *Histoire universelle, ancienne, ecclésiastique.*

583. Registrum hujus operis libri cronicarum cum
figuris et imaginibus ab initio mundi (per Hartm.
Schedel). *Norimbergæ, Koberger*, 1493, gr. in-
fol. rel. en bois.

Avec plus de 2000 gravures en bois , par Wolgemut et Pleyden-
wurff. Légèrement mouillé à la fin.

584. L'Histoire universelle du sieur d'Aubigné. *A.
Maille , Jean Moussat*, 1616-1620, 3 vol. pet.
in-fol. v. b. (*Anc. rel.*)

Edition originale. Bel exemplaire.

585. Histoire universelle de J. A. de Thou, avec la
suite de Rigault. *La Haye*, 1740, 11 vol. in-4.
veau.

586. Histoire générale de la civilisation en Europe,
par Guizot. *Paris, Didier*, 1828, in-8. d. rel.

587. Abrégé de l'histoire universelle, en figures,
dessinées par Monnet et gravées par Duflos, avec
les explications par Vauvilliers. *Paris*, 1785, 5
vol. in-8. fig. veau.

Le 5ᵉ volume de l'Histoire sacrée fortement piqué dans la marge.

588. Abrégé chronologique de l'histoire universelle, par Lenglet Dufresnoy, continuée jusqu'en
1823. *Paris*, 1823, 2 vol. in-8. br.

589. Sam. Petiti observationum libri III, in quib.
varia veterum loca quæ ad philol., jurispr.,
utriusque ecclesiæ judaicæ atq. christianæ his-
toriam pertinent, illustrantur. *Parisiis*, 1641,
in-4. v. f.

Exemplaire en grand papier, aux armes de J. A. de Thou.

590. Caii Julii Solini rerum memorabilium collectanea. **S. L. et A.**, pet. in-4.

Edition en caractères ronds, d'une grande rareté, imprimée à Rome vers 1470.

591. Les commentaires de César, trad. par Le Déist de Botidoux. *Paris*, 1809, 5 vol. in-8. br.

592. La guerre des Suisses, traduite du Ier livre des commentaires de Jules César, par Louys XIV, roy de France et de Navarre. *Paris, Imprimerie royale*, 1651, in-fol. fig. v. f. gr. pap.

Rare.

593. Histoire des impératrices. *Paris*, 1646, in-4. fig. parch.

594. Les impératrices romaines, par Serviez. *Paris*, 1728, 10 vol. in-12. fig. v. f.

595. La Chronologie des anciens royaumes, corrigée par Newton. *Paris*, 1728, in-4. v. (*Aux armes de madame de Pompadour*.)

596. Histoire chronologique de l'église, evesques et archevesques d'Avignon, par Fr. Nouguier. *A. Avignon*, 1660, in-4. bas.

597. Speculum inquisitionis Bisuntinæ, ejus vicariis et officiariis exhib., auct. J. des Loix. *Dolæ*, 1628, in-8. veau.

598. Histoire de la papesse Jeanne, par de Spanheim. *La Haye*, 1720, 2 t. en un vol. in-12. rel. fig.

599. Histoire des Flagellants, par l'abbé Boileau. *Amsterdam*, 1732, in-12. veau.

600. Histoire générale de Port-Royal. *Amsterdam*, 1755, 10 vol. in-12. v.

601. Histoire des protestants en France, par G. de Félice. *Paris*, 1851, in-8. br.

602. G. Hervet. Epistre au peuple fidele de l'eglise catholique. *Paris*, 1562.—Deux epistres aux mi-

nistres predicans, etc. *Paris*, 1562. In-8. d. rel.

603. Histoire de la reforme de Sleidan, trad. par Le Courrayer. *La Haye*, 1767, 3 vol. in-4. v.

604. Histoire des Albigeois et des Vaudois, par Benoist. *Paris*, 1691, in-12 v.

Manque la carte.

605. Histoire de Manichée et du manichéisme, par M. de Beausobre. *Amsterdam*, 1734—1739, 2 vol. in-4. v.

III. Histoire de France.

606. Gregorii Turonici Historiæ Francorum libri decem.—Adonis Viennensis chronica. *Parisiis*, 1561, in-8. vél.

607. Les grandes chroniques de France, dites de S. Denis, publ. par Paulin Paris. *Paris*, *Techener*, 1836, 6 vol. in-8. br.

608. Les chroniques de France : excellens faictz et vertueux gestes des tres chrestiens roys et princes qui ont resgne audit pays, par Rob. Gaguin. — Et ont este imprimees à *Paris pour Françoys Regnault et Jehan Frellon* (vers 1515). In-fol. goth. v. gauf. (*Rel. origin.*)

609. Roberti Gaguini de origine et gestis Francorum compendium. In-fol. goth. parch.

610. Les annales d'Aquitaine. Faicts et gestes des roys de France et d'Angleterre, pays de Naples et de Milan, par Jehan Bouchet. Augmenté par A. Mounin. *Poictiers*, 1644, in-fol. veau.

Edition la plus complète, contenant les mémoires et recherches de France, par de La Haye.—De l'université de Poitiers.—La preuve historique des litanies de Sainte Radegonde.

611. Portraits des roys de France. Regum Francorum imagines, quam proxime fieri potuit, ad

vivum expressæ. *Lugduni, B. Arnolletus,* 1554, in-fol. v. fil. anc. rel. gr. pap.

54 portraits des rois de France d'une fort belle exécution, portant le monogramme C et C interlacés. Il sont fort rares en pareil état.

612. Abrégé chronologique ou extrait de l'histoire de France, par Mézeray. *Paris,* 1667, 3 vol in-4. portr. v.

613. Gallorum Insubrum antiquæ sedes. Jo. Ant. Castillionneus Mediolani excudebat anno 1541. Pet. in-4. inscr. cart.

614. Histoire de France, par Anquetil. *Paris,* 1820, 15 vol in-12. bas.

615. Histoire de France, par Anquetil. *Paris,* 1826, 4 vol. in-8. br.

616. Histoire de France, par Royou. *Paris,* 1819, 6 vol. in-8. d. rel.

617. Histoire de France, par Montgaillard. *Paris,* 1827, 9 vol. in-8. d. rel.

618. Histoire de France, par Henri Martin. *Paris,* 1844-54, 19 vol. in-8. br.

619. Histoire du drapeau, des couleurs et insignes de la monarchie française, par Rey. *Paris, Techener,* 1837, 3 vol. in-8. fig. br.

620. France pittoresque, par Hugo. *Paris, Delloye,* 1835, 2 vol. gr. in-8. fig. br.

621. Collection des meilleures dissertations, notices et traités particuliers relatifs à l'histoire de France, par C. Leber. *Paris,* 1838, 20 vol. in-8. br.

622. Thierry. Lettres sur l'histoire de France. *Paris,* 1839, in-8. d. rel. mar. viol.

623. Recueil de cartes pour l'étude de l'histoire de France, par Prétot. *Paris,* 1787, gr. in-8. v.

624. Mémoires historiques, critiques et anecdotes

des reines et régentes de France (par Dreux du Radier). *Amst.*, 1776, 6 vol. in-12. d. rel.

625. Les Celtes antérieurs aux temps historiques, par Le Déist de Botidoux. *Paris*, 1817, in-8. d. rel.

626. Les mémoires de messire Philippe de Commines. *Lyon*, 1559, in-fol. v. f.

627. Les mémoires de Philippe de Commines. *Paris*, 1577, in-16. parch.

628. Les mémoires de Philippe de Commines, publ. par Godefroy. *Paris, impr. Roy*, 1649, in-fol. cart.

629. Mémoires de Philippe de Commines, augmentez par D. Godefroy. *Bruxelles*, 1706, 4 vol. pet. in-8. fig. v.

630. Histoire de Louis XI, par Duclos. *Paris*, 1824, 3 vol. in-8. br.

631. L'esprit de la ligue, par Anquetil. *Paris*, 1808, 3 vol. in-12. br.

632. Les barricades, *Paris*, 1826, in-8. cart.

633. Satyre Menippée. *S. L.*, 1599, in-12. fig. v.

634. Remonstrances présentées au roy par nos seigneurs du parlement, le 21 mai 1615. *S. L.*, 1615, in-8. v.

634 *bis*. Les negociations de Monsieur le president Jeannin. *Paris, P. Le Petit*, 1656, in-fol. v.

Avec le portrait de Jeannin, par Nanteuil, en très belle épreuve.

635. Discours merveilleux de la vie, actions et deportemens de Catherine de Medicis. *S. L.*, 1650, pet. in-8. parch.

636. Discours merveilleux de la vie de Catherine de Medicis. *Suivant la copie à La Haye*, 1663, in-12. v.

637. Histoire de Henry le Grand, par Peréfixe.

Amsterdam, *L.* et *D. Elzevier*, 1662, pet. in-12. parch.

638. Le même ouvrage. *Amsterdam*, *Michiels*, 1662, pet. in-12. v.

63g. Histoire de Louis XIII, par Michel Le Vassor. *La Haye*, 1767, 7 vol. in-4. v.

640. Intrigues du cabinet sous Henri IV et Louis XIII, par Anquetil. *Paris*, 1819, 2 vol. in-8. br.

641. Louis XIV, sa cour et le régent, par Anquetil. *Paris*, 1819, 2 vol. in-8. br.

642. Mémoires de Grammont. *Cologne*, 1714. Histoire du maréchal Fabert. *S. L.*, 1698, 2 vol. en un pet. in-8. mar. r. (*Aux armes.*)

643. Mémoires secrets pour l'histoire de Perse (France). *Amsterd.*, 1749, pet. in-12. mar. r. dent. tr. dor. (*Clef mansc. en marger.*)

644. Mémoire d'état de M. de Villeroy. *Amsterdam*, 1725, 7 vol. pet. in-12. v. f. (*Anc. rel.*)

645. Vie privée de Louis XV. *Londres*, 1781, 4 vol. in-12. portr. d. rel. m. r. n. rog.

646. Histoire philosophique de la révolution de France, par Fantin-Desodoards. *Paris*, 1807, 10 vol. in-8. bas.

647. Histoire de la Révolution française par M. Thiers. 4° édition. *Paris*, 1834, 10 vol. in-8. br.

648. Recueil de pièces historiques. 2 vol. in-8. d. rel.

648 *bis*. Recueil considérable de pièces sur la révolution française de 1793. In-8. et in-4.

On y trouve des pièces très rares.

649. Tableaux historiques de la révolution française, ouvrage orné de 222 gravures avec des dis-

cours. *Paris*, *Auber*, an XIII, 3 vol. gr. in-fol. mar. r. dent. tr. dor. (*Lefèvre*.)

Superbe exemplaire, parfaitement complet, d'un livre recherché. Les souscriptions des belles épreuves ont été imprimées en or.

650. Atlas des principales batailles de la république et du consulat, grav. au dépôt de la guerre par ordre de Napoléon. *Paris*, 1849, 33 vues et cartes, format atlant. en carton.

651. Victoires et conquêtes des Français. *Paris*, 1817, 26 vol. in-8. et atlas in-4. obl. br.

652. De l'état de la France à la fin de l'an VIII. *Paris*, an IX, gr. in-8. pap. vél. v. f. fil. tr. dor.

653. Les fastes de la gloire. *Paris*, 1818-22, 5 v. in-8. br.

654. Les bulletins de la grande-armée, par Adrien Pascal. *Paris*, 1841-44, 6 vol. in-8. br.

655. Les fastes de la Légion-d'Honneur. *Paris*, 1842-47, 5 vol. gr. in-8. br.

656. Revue de l'empire. *Paris*, 1842-47, 5 vol. in-8. br.

657. Histoire de la guerre de la Péninsule et dans le midi de la France, par Napier, trad. par Dumas. *Paris*, 1828, 4 vol. in-8. br.

658. Ph. de Ségur, Histoire de Napoléon et de la grande-armée, en 1812. *Paris*, 1825, 2 vol. in-8. v. (*Simier*.)

659. Voyage de Sainte-Hélène, par le comte de Las Cases. *Paris*, 1823, 8 vol. in-8. br. — Napoléon en exil, par O'Méara. *Paris*, 1822, 2 vol. in-8. br.

660. Mémoires de Napoléon, par Gourgaud et de Montholon. 7 vol. in-8. br.

661. Mémorial de Sainte-Hélène, illustré par Charlet. *Paris*, 1842, 2 vol. gr. in-8. br.

662. Révolution française, Histoire de dix ans,

1830-1840, par M. Louis Blanc. *Paris*, 1843, 5 vol. in-8. d. rel. v. v.

663. Essais historiques sur Paris, par Aug. Poullain de Saint-Foix. *Paris*, 1805, 2 vol. in-8. v.

664. Les rues de Paris. *Paris*, 1844, 2 vol. gr. in-8. fig. rel. en prec. — Les monuments de Paris, par F. Pigeory. *Paris*, 1848, gr. in-8., fig. br.

665. Georgi Wallini de sancta Genovefa, Parisiorum et totius regni Galliæ patrona, disquisitio historico-critico-theologica. *Witteberyæ*, 1723, in-4. fig. d. rel.

666. Histoire de la très-auguste et très-dévote église de Chartres, ensemble ce qui s'est passé de mémorable dans la ville et pays de Chartres, par Séb. Melun. *Paris*, 1609, in-8. veau.

667. Histoire civile et ecclésiastique du comté d'Evreux, par Le Brasseur. *Paris*, 1722, in-4. d. rel.

668. Notes, fragments et documents pour servir à l'histoire de la ville d'Evreux, publ. par T. Bonnin. *Evreux*, 1847, in-8. d. rel.

669. Histoire des évêques d'Evreux, par Chassant et Sauvage. *Evreux*, 1846, in-16. blasons, d. rel.

670. Histoire de la ville de Soissons, par Leroux. *Soissons*, 1839, 2 vol. in-8. br.

671. Histoire de Normandie, par Orderic Vital, publ. en fr. par M. Guizot. *Caen*, 1826, 4 vol. in-8. br.

672. C.-S. Schurzfleischii historia veteris regni populique Burgundionum. *Lipsiæ*, 1698, in-4. cart.

673. Dissertations historiques et critiques sur l'origine des comtes de Provence, par Ruffi. *Marseille*, 1712, in-4. bas.

674. Histoire de Lille et de la Flandre-Wallonne, par V. Derode. *Lille*, 1848, 3 vol. in-8. br.

675. Topographie de Cassel (Nord), par de Smyttère. *Lille*, 1833, in-8. br.

676. Histoire de Saint-Martin du Tilleul, par Le Prevost. *Paris*, 1848, in-8. br.

677. 54 pièces manuscrites en français, sur papier, concernant des citoyens, ecclésiastiques, etc., de la ville de Metz. Toutes sur papier et du XVe siècle.

Collection curieuse sous le rapport de la langue du pays et de l'histoire et topographie de la ville de Metz.

678. Mémoires de Philippe de Vigneulles, citoyen de Metz, depuis 1471 jusqu'en 1522, publ. d'après des manuscrits par Michelant. *Stuttgart*, société des Bibliophiles, 1852, gr. in-8. br.

Tiré à petit nombre pour les membres de la société.

679. Essai sur l'histoire de Longwy, par M. C**. *Metz*, 1829, in-8. br.

680. Description de la Lorraine et du Barrois, par Durival l'aîné. *Nancy*, 1778, 4 vol. in-4. d. rel.

681. Chroniques, lois, mœurs et usages de la Lorraine au moyen-âge, recueillies par J. Bournon, publ. par J. Cayon. *Nancy*, 1838, in-4. cart. n. r.

682. Chronique ou dialogue entre Joannes Lud et Chrétien, sur la défaite de Charles le Téméraire devant Nancy (5 janv. 1477), publ. par J. Cayon. *Nancy*, 1844, in-4. fig. cart. n. r.

683. Joan. Dan. Schöpflini Alsatia illustrata, celtica, romana, francica. *Colmariæ*, 1751-1761, 2 vol. in-fol. fig. veau fauve. (Anc. rel.)

Bel exemplaire.

684. Mémoires sur l'Alsace. Gr. in-fol. bas.

Manuscrit du XVIIe siècle (1690) sur papier, de 313 pages, qui nous paraît être inédit. Il est d'un grand intérêt pour la noblesse de cette province.

IV. HISTOIRE ÉTRANGÈRE.

685. Gallo Brabantia ad limitem Eburonicum. — Arscotum. — Bruxella. — Hannon. — Lovanium. Antverpiæ antiquitates. *Bruxellæ*, 1606-1610, 7 vol. pet. in-4. n. rel.

686. Polemographica auraica belgica, script. W. Baudarto. Vera delineatio ac descriptio omnium præliorum, obsidionum, etc., quæ in bello adversus Hispanos gesta sunt. *Amstelodami*, 1622, in-4. obl. fig. vél.

    285 planches gravées sur cuivre. Batailles, siéges, exécutions, cérémonies, portraits, etc.

687. Histoire de la guerre de Flandre, par de Strada, trad. du Ryer. *Paris*, 1675, 4 vol. in-12. v. f.

688. Histoire militaire de Flandres, 1690-94, par de Beaurain. *Paris*, 1755, 2 vol. in-fol. fig. v.

689. Histoire générale du Hainaut, par Delewarde. *Mons*, 1722, 6 vol. p. in-8. v.

690. Mémoires sur les Pays-Bas Autrichiens, par le comte de Neny. *Bruxelles*, 1786, 2 vol. in-12. br.

691. Les mémoires de Michel de Castelnau. *Bruxelles*, 1731, 3 vol. in-fol. fig. et blasons, v.

692. Mémoires d'Aubery du Maurier, pour servir à l'histoire de Hollande. *Au Maurier*, 1680, in-8. vél.

693. Augustin Thierry. Conquête de l'Angleterre par les Normands. *Paris*, 1825, 3 vol. in-8. v. (*Simier.*)

694. Historical sketches of Charles I, Cromwel, Charles II and the principal personnages of that period; including the kings trial and exe-

cution, by W. Fellows. *London*, 1828, gr. in-4. fig. et fac-sim. cart. non rogn.

Tiré à petit nombre.

695. Inscriptiónes historicæ regum Scotorum a Fergusio, primo regni conditore, ad nostra tempora ; Joh. Jonstono, Abredonense, authore. Præfixus est Gathelus, sive de gentis origine. *Amstelodami*, 1602, pet. in-4. cart.

Très rare. Avec 10 portraits des rois d'Ecosse gravés en taille-douce. Le dernier feuillet endommagé dans la marge du bas.

696. Histoire d'Ecosse, par Robertson. *Paris*, 1821, 3 vol. in-8. broch.

697. J. B. Veri rerum Venetarum libri IV. *Amst.*, *Elzevir*, 1644, in-12. vél.

698. Istorie di Matteo Villani. *Firenze*, 1581, in-4. vél.

699. L'histoire de Florence de Machiavel, trad. par de Brinon. *Paris*, 1615, in-8. v.

700. Historia Trivigiana composta di Giovani Bonifaccio. *Trivigi*, 1591, in-4. fig. veau.

701. La conjuration du comte Jean-Louis de Fiesque. *Cologne*, 1665, pet. in-12. v.

702. Frédéric-le-Grand, ou mes souvenirs de Berlin, par Thiébault. *Paris*, 1826, 5 vol. in-8. broché.

703. Rivoluzioni della Germania, di Carlo Denina. *Firenze*, 1804, 8 vol. in-8. br.

704. Etat et délices de la Suisse. *Neuchâtel*, 1778, 2 vol. in-4. fig. v.

705. La Hongrie et le Danube, par M. le comte de Marsigli, en 31 cartes gravées d'après les dessins originaux et les plans levez sur les lieux par l'auteur. *La Haye*, 1741, gr. in-fol. cart.

68

706. Anecdotes du règne de Pierre Ier. *S. L.*, 1745,
in 12. v. f. (*Armes.*)
707. Description de l'Afrique, contenant les noms,
etc., de toutes ses parties, les mœurs, les coutu-
mes, la langue, les richesses, la religion et le
gouvernement de ses peuples, par O. Dapper.
Amsterdam, 1686, in-fol. fig. v. fil.
Grand nombre de cartes et planches. Bel exemplaire.
708. Mœurs et usages des Turcs, avec un abrégé
de l'histoire ottomane, par Guer. *Paris*, 1746,
2 vol. in-4. fig. vél. grand papier.
709. Histoire de Nader Chah, connu sous le nom
de Thahmas Kuli Khan, traduite d'un manuscrit
persan, par Jones. *Londres*, 1770, 2 vol. gr.
in-4. br.
710. Recherches historiques sur l'ancienne Inde,
par Roberston. *Paris*, 1821, in-8. br.

V. Archéologie, Monnaies.

711. Discours de la religion des anciens Romains,
par G. du Choul. *Lyon*, 1580, in-4. fig. v.
712. Du culte des Cabires chez les anciens Irlan-
dais, par A. Pichet. *Genève*, 1824, in-8. br.
713. Fables égyptiennes et grecques de Pernety.
Paris, 1786, 2 vol. in-12. bas.
714. Dictionnaire mytho-hermétique de Pernety.
Paris, 1758, in-12. bas.
715. Recueil d'antiquités égyptiennes, étrusques
et romaines (par le comte de Caylus). *Paris*,
1761, 7 vol. in-4. fig. veau fil. tr. d.
716. Recueil d'antiquités dans les Gaules. Ouvrage qui peut servir de suite aux antiquités de
Caylus, par M. de la Sauvagère. *Paris*, 1770,
in-4. fig. d. rel.

717. Iconographie grecque, par Visconti. *Paris*, 1811, 3 vol. in-4. fig. d. rel. v. et atlas in-fol. cart.

718. Iconographie romaine, par Visconti. *Paris*, 1817, 3 vol. in-4. d. rel. et atlas in-fol. cart.

719. Dictionnaire des antiquités romaines, trad. de Pitiscus. *Paris*, 1766, 3 vol. in-8. v. f. fil.

720. Antiquitatum romanarum Pauli Manutii liber de legibus. *Venetiis*, Aldus, 1557, in-fol. vél. (*Ex. Colbert.*)

721. Antiquitates Virgilianæ, ad vitam populi Romani descriptæ, a Laur. Lersch. *Bonnæ*, 1843, gr. in-8. br.

722. Familiæ Romanæ ex antiquis numismatibus, auct. C. Patin. *Parisiis*, 1663, in-fol. fig. v.

723. Les antiquités d'Athènes, dessinées par Stuart et Revett, publiées par Laudon. *Paris*, Didot, 1808, 2 vol. in-fol. fig. d. rel. v. f.

724. Onuphrii Panvinii, Barth. Marliani, P. Victoris, Jani Jac. Boissardi, Topographia Romæ. I, II, III. *Francofurti, Merian*, 1597-1627, 3 part. en 1 vol. in-fol. fig. cart.

Recherché à cause des belles gravures de Théod. de Bry.

725. Octavii Ferrarii de re vestiaria lib. VII. Tertia editio. *Patavii*, 1685, in-4. fig. rel.

726. De lucernis antiquorum reconditis lib. IV, auctore Fortunio Liceto. *Venetiis*, 1621, in-4. fig. rel. (*Aux armes de Dupuy.*)

727. Th. Bartholini de armillis veterum schedion. *Amst.*, 1676, pet. in-12. fig. mar. v. tr. dor.

728. Les souvenirs de Mme de Caylus. *Amst., M M. Rey*, 1770, in-8. cart.

729. Basilica S. Mariæ Maioris. *Romæ*, 1621, in-fol. fig. v. br.

730. Discorso sopra l'antico monte citatorio, situa-
to nel campo Marzio, da C. Fontana. *In Roma*,
1708, in-fol. fig. vél. (*Aux armes.*)

731. Mémoire sur les ruines du vieil Evreux, par
Rever. *Evreux*, 1827, in-8. fig. d. rel.

732. Mémoire sur les ruines de Lillebonne, par
Rever. *Evreux*, 1821, in-8. fig. d. rel.

733. Eglise des Cordeliers, la chapelle ronde, etc.,
à Nancy, par J. Cayon. *Nancy*, 1842, in-8. fig.
cart. n. r

734. Monuments anciens et modernes de Nancy,
par J. Cayon. *Nancy*, 1847, in-8. fig. cart. n. r.

735. Voyage archéologique et pittoresque dans le
département de l'Aube et dans l'ancien diocèse
de Troyes, par A. F. Arnaud. *Troyes*, 1839, gr.
in-4. br.
Beaucoup de planches d'archéologie du moyen âge.

736. Christian monumens in England and Wales,
an historical sketch with numerous illustrations,
by Ch. Boutell. *London*, 1854, gr. in-8. fig. en
bois, cart. non rogn.

737. Monumenta Paderbornensia. *Amst.*, *Elzevir*,
1671, in-4. fig. v. (*Exemplaire de Ménage.*)

738. Museum Odescalchum, sive thesaurus anti-
quarum gemmarum cum imaginibus in iisdem
insculptis, et ex iisdem exsculptis, a ser. Chris-
tina, Sucorum regina, collectæ. A. P. Sancto-
Bartolo incisæ. *Romæ*, 1751, 2 vol. en 1, in-fol.
fig. veau ant. dent.
Très bel exemplaire.

739. Choix des pierres gravées du cabinet impérial
des antiques, représentées en XL planches, dé-
crites et expliquées par l'abbé Eckhel. *Vienne*,
1788, in-fol. fig. d. rel.

740. La science des médailles (par Jobert). *Amst.*, 1717, in-8. fig. v.

741. Des monnoyes, augment. et diminution du prix d'icelles, par François Grimaudet. *Paris*, *H. de Marnef*, 1585, pet. in-8. cart.

742. Thesaurus Morellianus, sive Romanarum familiarum numismata, ed. Sigbertus Havercampus. *Amstelodami*, 1734, 2 vol. in-fol. fig. veau.

742 *bis*. Thesaurus Morellianus, sive XII priorum imperatorum Romanorum numismata. Cum comm. Schlegelii, Havercampi et Gorii. Cum praefat. P. Wesselingii. *Amstelodami*, 1752, 3 vol. in-fol. fig. br.

Sur demande, on réunira ces deux ouvrages.

743. Numismata cimelii cæs. Vindobonensis, quorum rariora iconismis, cetera catalogis exhibita. *Vindobonæ*, 1755, 2 vol. en 1, in-fol. grand nombre de planches, cart. n. rogn.

744. Descrizione d'alcune medaglie greche, del museo del Bar. Ls. de Chaudoir, per Dom. Sestini. *Firenze*, 1831, gr. in-4. fig. br. (*Rare.*)

745. Sylloge numismaton elegantiorum quæ diversi imperatores, principes, comites, etc., diversas ob causas, ab anno 1500 ad annum usq. 1600, cudi fecerunt. Opera J. Jac. Luckii. *Argentinæ*, 1620, in-fol. fig. bas.

Contient un grand nombre de médailles de tous les pays, bien gravées. Très rare.

746. Le médaillier de Pologne, par le comte Ed. Raczynski. *Breslau*, 1838, 2 vol. in-4. fig. br.

VII. Noblesse, Diplomatique.

747. Traité de la noblesse et ses différentes espèces,

par G. André de la Roque. *Paris, Michallet*, 1678, in-4. veau.

748. Traité de la noblesse, par G. A. de La Roque, *Rouen*, 1710, in-4. v.

749. Le théâtre d'honneur et de chevalerie, ou histoire des ordres militaires, de l'institution des armes et blasons, rois et heraulds d'armes, etc., par André Favyn. *Paris*, 1620, 2 vol. in-4. blasons, v.

750. Art de chevalerie. L'instruction de tous avantages et dexteritez, nécessaires à chascun cavalier. Jamais publié cy-devant, par J. de Walhausen. *Francfort, Paul Jacques*, 1616, pet. in-4. fig. vél.
Rare. Traité d'équitation et de tournoi.

751. Armorial universel, précédé d'un traité complet de la science du blason, par Jouffroy d'Eschavannes. *Paris*, L. Curmer, 1854, in-4. fig. en couleurs, chagrin n. tr. dor.

752. Miroir des nobles de Hasbaye, composé en forme de chronique, par Jacques de Hemricourt, l'an 1353. Publ. par le Sʳ. de Salbray. *Bruxelles*, 1673, grand nombre de fig. et blasons, in-fol. veau.

753. De re diplomatica libri VI, in quibus veterum instrumentorum scriptura, stilus, sigilla, monogrammata, etc., illustrantur. Auct. Joanne Mabillon (cum supplemento). *Neapoli*, 1789, 2 vol. en 1, gr. in-fol. fig. br.

754. Lexicon diplomaticum abbreviationes syllabarum et vocum in diplomatibus et codicibus a seculo VIII ad XVI exponens. Junctis alphabetis et scripturæ speciminibus integris. *Ulmæ*, 1756, in-fol. fig. d. rel.

755. Table chronologique des diplômes, chartes,

titres et actes imprimés concernant l'histoire de France, par Brequigny, cont. par Pardessus, tome Vme. *Paris, Impr. Royale*, 1846, in-fol. br.

756. Loix, chartes et coustumes du chef-lieu de la ville de Mons, etc. *Mons*, 1663, in-4. v.

Avec la signature de Bossuet sur le titre.

757. Archives législatives et administratives de la ville de Reims. Prolégomènes historiques et bibliographiques, par Pierre Varin. *Paris, Crapelet*, 1839, in-4. br.

758. Catalogue analytique des archives de Joursanvault. *Paris, Techener*, 1838, 2 vol. in-8. fig. br.

759. Ceremonial des religieuses de l'ordre de S. François. *Paris*, 1643, in-8. d. rel.

760. Plutarchi vitæ illustrium virorum latine. Vol. 1. *Venetiis, per Nicolaum Jenson Gallicum*, 1477, gr. in-fol. notes mss. d. rel.

761. Les vies des hommes illustres de Plutarque, trad. par Dacier. *Amsterdam*, 1734, 10 vol. pet. in-8. fig. v. f. fil. tr. dor. (Anc. rel.)

762. Laertii Diogenis de vitis, dogmatis et apophtegmatis eorum qui in philosophia claruerunt, libri X, gr. et lat., cum Æg. Menagii observ. *Londini*, 1664, in-fol. v.

763. La vie des peintres flamands, allemands et hollandois, par J.-B. Descamps. *Paris*, 1753, 4 vol. in-8. portr. v. — Voyage pittoresque de la Flandre et du Brabant, par le même. *Paris*, 1838, in-8. fig. d. rel.

764. Le Parnasse françois, par Titon du Tillet. *Paris*, 1732, in-fol. fig. v.

765. Galerie de portraits, ou portraits des hommes illustres. *Paris*, 1768, in-8. v.

766. La vie de François de La Noue, dit Bras-de-Fer, par Amirault. *Leyde, Elsevier*, 1661, in-4. vél.

767. Alfred de Vigny. Cinq-Mars. *Paris*, 1826, 2 vol. in-8. d. rel.

768. Histoire de la vie et des ouvrages de P. F. Percy, par C. Laurent. *Versailles*, 1827, in-8. d. rel.

769. Mémoires inédits de la comtesse de Genlis, sur le XVIIIe siècle. *Paris*, 1825, 8 vol. in-8. d. rel.

770. Mémoires du duc de Rovigo. *Paris*, 1828, 8 vol. in-8. br.

771. Jos. Scaligeri epistola de vetustate et splendore gentis Scaligerœ et Jul. Cas. Scaligeri vita. *Lugd. Bat.*, 1594, in-4. v.

772. Machiavel, son génie et ses erreurs, par Artaud. *Paris*, Didot, 1823, 2 vol. gr. in-8. p. vél. d. rel. n. rog.

773. Vie de Laurent de Médicis, trad. de Roscoe par Thurot. *Paris*, 1800, 2 vol. in-8. br.

774. The life of S. Johnson, by J. Boswel. *London*, 1799, 4 vol. in-8. d. rel.

775. Traité des matériaux manuscrits de divers genres d'histoire, par A. de Monteil. *Paris*, 1835, 2 vol. in-8. br.

776. Nouveau dictionnaire historique et critique, pour servir de suite à celui de Bayle, par J. G. de Chauffepié. *La Haye*, 1750-56, 4 vol. in-fol. bas.

777. Nouveau dictionnaire historique de Chaudon et Delandine. *Caen* et *Lyon*, 1786-1805, 13 vol. in-8. v.

778. Bibliothèque orientale, par d'Herbelot. *Paris*, 1697, in-fol. v.

779. Bibliothèque historique, ou matériaux pour servir à l'histoire du temps. *Paris*, 1818, 10 vol. in-8. d. rel. et 2 vol. en liv.

780. Bibliothèque historique, ou Recueil pour servir à l'histoire du temps. *Paris*, 1818-20, 14 vol. in-8. cart.

781. Revue britannique, publiée par Dondey-Dupré. *Paris*, 1825-38. 1re série, 30 vol.; 2e id., 12 vol.; 3e id., 18 vol.; 4e id., 18 vol.; en tout 78 vol. in-8. d. rel. v. ant.

782. Musée des familles, années 1835, 36, 38. 3 vol. in-4. d. rel.

783. Le journal la Presse, 1848-49. 4 vol. in-fol. d. rel.

784. Revue progressive de Montferrier, 1853 et 1854. Gr. in-8. d. rel. m. v.

785. Journal de l'Institut historique. *Paris*, 1834-39, 10 vol. in-8., dont 6 rel. en 3.

786. Encyclopédie de la jeunesse. — Patria. — Un million de faits. — Biographie universelle. *Paris*, Dubochet et Cᵉ, 5 vol in-12. br.

787. Augustin Thierry. Dix ans d'études historiques. *Paris*, 1842, in-8. d. rel. mar.

788. Notizia intorno alla famosa opera istorica d'Ibnu Khaldoun, filosofo del secolo XIV, del comte J. Graberg de Hemsoë. *Firenze*, 1834, in-8. envoi autogr. de l'aut. br.

789. Choix de testaments anciens et modernes, par G. Peignot. *Dijon*, *Lagier*, 1829, 2 vol. gr. in-8. br.

790. La Jacquerie, scènes féodales, par M. P. Mérimée. *Paris*, 1828, in-8. cart.

791. Les histoires tragiques de nostre temps, par F. de Rosset. — *Au Pont*, par Ant. Brunet. 1615, in-12. parch.

792. Histoires tragiques de nostre temps, par Rosset. *Rouen*, 1639, in-12. d. rel.

793. Le théâtre du monde, par P. Boaystuau. *Paris*, 1559, in-8. v. fil.

794. Le Mercure jésuite. *Genève*, 1631, 2 t. en 1 vol. in-8. parch.

795. Proudhon. Idée de la révolution au 19ᵉ siècle. *Paris*, 1851, in-12. d. rel.

796. Œuvres complètes de Duclos, précédées d'une notice, par Auger. *Paris*, 1820, 9 vol. in-8. br.

VIII. Bibliographie, Typographie.

797. Annales typographici, ab artis inventæ origine ad annum 1664, ed. M. Maittaire. 3 t. en 5 vol. *Hayæ*. — Tomus IV, indicem complectens. *Londres*, 1741. — Supplementum; ed. Denis. *Viennæ*, 1789, 2 vol. in-4. rel. (pas uniformément).

Exemplaire complet et bien conservé. Les 5 premiers volumes sont en grand papier.

798. Dictionnaire bibliographique choisi du quinzième siècle, par La Serna Santander. *Bruxelles*, 1805, 3 vol. in-8. d. rel.

799. Origines typographicæ, Gerardo Meerman autore. *Hayæ*, 1765, 2 t. en 1 vol. in-4. fig. et fac-sim. vél.

800. Histoire de l'imprimerie et de la librairie, depuis son origine jusqu'en 1689. *Paris*, 1689, in-4. v.

801. Notice sur un livre imprimé à Bamberg en 1462, par Camus. *Paris*, an VII, in-4. fac-sim. cart.

802. Recherches bibliographiques sur quelques impressions néerlandaises du 15ᵉ et 16ᵉ siècle, par du Puy de Montbrun. *Leyde*, 1836, in-8. fig. cart. n. rog.

8o3. Catalogue des villes où la typographie a été exécutée au 15e siècle, avec indication de la première impression dans chaque ville (en allemand), par dom G. Reichardt. *Augsburg*, 1853, in-4. br.

8o4. Dictionnaire bibliographique. *Paris*, 1790, 4 vol. in-8. v.

8o5. Nouveau dictionnaire bibliographique, par Desessarts. *Paris*, 1800, in-8. d. rel.

8o6. Dictionnaire des ouvrages anonymes et pseudonymes, par Barbier. *Paris*, 1806, 4 t. en 2 vol. in-8. bas.

8o7. Manuel du bibliophile, ou Traité du choix des livres, par Gabriel Peignot. *Dijon*, 1823, 2 vol. gr. in-8. br.

8o8. Bibliographie de la France. *Paris*, 1813-28, 28 vol. in-8.

Beaucoup de volumes en double ; quelques numéros manquent.

8o9. Les siècles littéraires de la France, par Desessarts. *Paris*, 1800-1803, 7 vol. in-8. br.

810. Musei sive bibliothecæ tam privatæ quam publicæ extructio, instructio, etc. Auct. P. Cl. Clément. *Lugd.*, 1635, in-4. parch.

811. Catalogus bibliothecæ Bunavianæ. *Lipsiæ*, *Fritsch*, 1750-1756, 7 vol. in-4. d. rel. (Compl.)

812. Catlaogue de Delahaye. *Paris*, 1754, in-8. d. rel. (Prix.)—De Paris de Meysieu. 1789, in-8. (prix).

813. Catalogue de la bibliothèque de Falconet. *Paris*, 1763, 3 vol. in-8. v. (prix).

814. Catalogo della libreria Floncel. *Parigi*, 1774, 2 vol. in-8. br. (prix).

815. Bibliotheca Stanleiana, a splendid collection from the distingued library of colonel Stanley. *London*, 1813 (avec les prix). Catalogue of the

library of David Garrick. *London*, 1823 (avec les prix), 2 vol. en 1 , gr. in-8. d. rel.

816. Lot de catalogues de vente. Boulard, vol. 1, 2, 5. Bontourlin, 3 vol. Saint-Albin, etc. In-8.

817. Collection de 334 LETTRES AUTOGRAPHES et signées, pièces signées, sur papier et parchemin, des 17e, 18e et 19e siècles.

On y trouve des pièces curieuses.

L'Androuet du Cerceau sera vendu à la fin de la vacation du 26 janvier.

818. LE PREMIER VOLUME DES PLUS EXCELLENS DASTIMENS DE FRANCE PAR JACQUES ANDROUET DU CERCEAU. *Paris*, 1576, in-fol. (Plan de S.-Germain ajouté. La vue de Chambord est superbe d'épreuve) — Second livre d'architecture, par Jacques Androuet du Cerceau. *Paris*, *Wechel*, 1561, 2 vol. en un in-fol. veau, anc. rel. (*La seconde partie mouillée dans la marge.*)

Le second livre, très rare, contient des cheminées, portes, lucarnes, fontaines, etc., en très belles épreuves. On lit sur le titre : *Ex libris Joann. Mauroy emptus aureo uno. Ex taberna Bibliopolæ vicini mei.*

On vendra, le premier et le dernier jour de la vente, un grand nombre de lots de bons livres non catalogués.

TABLE DES DIVISIONS.

CONDITIONS DE LA VENTE.

Les adjudicataires paieront, en sus du prix des adjudications, 5 centimes par franc, applicables aux frais.

Les livres vendus devront être collationnés sur place dans les vingt-quatre heures de l'adjudication. Passé ce délai ou une fois sortis de la salle de vente, ils ne seront repris pour aucune cause.

Les articles au dessous de 12 fr. ne seront admis à rapport que dans le cas où ils seraient incomplets par enlèvement de feuillets ou de portions de feuillet emportant du texte; ils ne seront pas repris pour taches, mouillures, déchirures, piqûres ou autres défectuosités.

M. Edwin Tross se charge de la vente de bibliothèques.

ORDRE DES VACATIONS.

Vendredi 25 janvier	1—199
— —	817
Samedi 26 janvier.	606—660
— —	200—326
Lundi 28 janvier	327—531
— —	583—605
Mardi 29 janvier	632—582
— —	664—816

5470 — Paris, impr. GUIRAUDET et JOUAUST 338 rue Saint-Honoré.

436.
497
495
497